네 번의 노크

네 번의 노크

케이시
장편소설

INFLUENTIAL
인플루엔셜

차례

1부

내
사

[내사 보고서]

■ 개 요

○ 일　시 : ○월 ○○일 13 : 30

○ 장　소 : ○○동 ○○주거용 건물 2층과 3층 사이 계단

○ 신고자 : 306호 거주자(성명: ○○○, 여, 56세)

■ 사고 경위

○ 사망자는 303호 거주자의 남자친구로 사건 당일 비어 있는 303호에 들어가 두 시간여 머문 후 해당 건물 2층과 3층 사이에서 쓰러진 채 발견.

○ 얼굴이 퉁퉁 부은 남자가 의식을 잃고 쓰러진 것을 건물 관리인인 306호 거주자가 신고. 부검 결과 기도 수축, 질식으로 인한 사망.

○ 특이사항은 6개월 전 사망보험에 가입. 최근 잇따른 보험

살인과 관련한 보험 회사의 수사 의뢰로 내사에 착수.

ㅇ 복도식 원룸 건물의 여성 전용층에서 발생한 사건으로 형
  사과 강력계에서 참고인 조사.

■ **진행 상황**
ㅇ 3층 거주자 6인을 대상으로 참고인 조사 중.

■ **언론보도 동향**
ㅇ 없음.

[301호 참고인 진술서]

- **녹음 일시** : ○월 ○○일 12:30
- **녹음 장소** : 진술 녹음실
- **참 고 인** : 301호 거주자 ○○○
- **질 문 자** : 형사과 강력계 수사관
- **대화 형태** : 일대일 대화

- **담당 수사관 소견**

　인근에서 비교적 유명한 무속인으로 수사에 협조하였음. 지난 3개월간 기록된 CCTV 확인 결과 303호에 출입한 흔적을 찾을 수 없었음. 사망자와 관련한 수사 범위를 넓히기 위해 3층 거주자 전체를 대상으로 참고인 조사를 진행하였으나 특별한 혐의점은 발견되지 않음. 사망자로 추정되는 남자의 소리만 들었다고 밝힘. 정밀한 조사 차원에서 자발적으로 참고인 조사에 응하겠다고 함. 전체 녹음은 파일 형태로 첨부.

■ 진술 내용

혹시 숲에 가보신 적이 있습니까?

깊은 숲속에서 하늘을 올려다보면 가끔 신기한 풍경을 볼 수 있습니다. 나뭇가지의 끝부분이 서로 닿지 않으려고 공간을 두고 생장하는 모습인데, 마치 커다란 예술 작품을 보는 것처럼 참으로 경이롭습니다. 나무들은 서로 약속이나 한 듯 철저히 자기 공간을 구분합니다. 어떻게 보면 하늘이 조각난 것처럼, 잔잔한 호수에 흩뿌려진 나뭇잎 조각들처럼, 때로는 물결처럼 보이기도 하지요. 어떤 메커니즘으로 나뭇잎이 서로 닿지 않는지 몰라도 저는 그 모습을 볼 때마다 신비로움에 취해 버리고 맙니다.

나무는 햇빛을 더 많이 받기 위해 높이 올라가려고 합니다. 하지만 옆 나무와 겹쳐져 광합성을 하지 못하면 결국 이웃 나무와 싸우게 되는 법이지요. 먼 옛날, 나무들은 서로 조약을 맺기로 합니다. 서로의 영역을 존중하며 평화롭게 살아가기로 말이지요. 그래야 자신도 생존할 수 있고 아래에 있는 식물들도 햇빛을 받을 수 있으니까요.

나무는 누구 하나 손해 보지 않는 공평한 조약을 맺고 그것을 유전자에 각인했습니다. 그 유전자는 오랜 시간 대물림해서 지금에 이르렀고 이 평화 조약은 영원토록 깨지지 않을 것입니다.

진화론적 관점에서 볼 때도 물리적 거리를 바탕에 둔 평화는 가장 훌륭한 생존 방법이었습니다. 동물들은 영역을 지키기 위해 공격적인 행동을 하고, 서로 바짝 붙어 있을수록 으르렁거리기 마련입니다. 이는 사람도 마찬가지입니다. 사람은 가까워지면 추악한 욕망을 드러내는 데 거리낌이 없어지고, 적당한 거리를 유지할 때에야 비로소 예의를 갖추고 인간다운 모습을 잃지 않기 위해 노력합니다. 거리를 유지하는 나뭇잎과 같지요.

이 동네에 처음 들어왔을 때 깊은 숲속에 온 느낌이었습니다. 넓은 의미에서 말하면 자연이고, 좀 더 정확히 말하면 거친 정글의 모습이었지요. 좁은 공간에서 다닥다닥 붙어 살지만 각자 영역을 지키면서 높이 뻗어나가야 생존할 수 있는 야생의 모습 말입니다.

닿을 듯 닿지 않으며 서로 간의 영역을 침범하지 않는다는 합의, 스스로를 지키는 것 외에 타인의 영역에는 무관심해야 살아남는 자연의 전략적 선택은 이곳에서도 위태롭게 유지되고 있었습니다. 하지만 어디에나 영역을 인정하지 않고 제멋대로 넘나드는 개체들도 있기 마련입니다.

가볍게는 침해, 조금 더 넘어가면 침범이나 침입, 많은 개체가 한번에 넘어가면 국경을 넘어 전쟁이 되는 것입니다. 어디에든 법칙을 깨려는 자들이 있습니다. 자연에는 포식자도 피식자도 있는 법입니다. 생존이라는 말로 살인을 저지르는 그런 사람들

말입니다.

숲의 근간은 땅입니다. 그런 땅에도 보이지 않는 힘이 있습니다. 한자리에서 쉬지 않고 같은 작물을 길러낼 경우 땅속에 있는 영양소는 고갈됩니다. 이때, 비료를 사용하거나 다른 곳의 흙을 가져와 섞거나 땅을 쉬게 하는 것으로 지력을 키우지요.

이 동네의 지력은 이미 오래전에 고갈됐습니다. 비슷한 수준의 사람들이 좁은 곳에 모여 살다보니 그렇게 된 것입니다. 비료처럼 좋은 사람들이 들어와 살아야 하고, 또 다른 곳의 흙을 섞는 것처럼 소셜 믹스가 이뤄져야 지력이 회복되는 법입니다. 땅도 사람도 최소한의 여유를 가지고 쉬는 시간이 필요합니다. 하지만 그렇게 되는 게 어디 마음처럼 쉽겠습니까.

이곳에서의 비료는 작은 성공을 의미하기도 합니다. 사람들은 경제적, 사회적인 성취를 이루면 성공이라는 양분을 뿌리지 않고 이곳을 떠나버립니다. 당장 저도 여유가 된다면 이곳을 떠나고 싶으니까 그게 비난할 건더기가 되는 것은 아닙니다만 안타까운 것은 사실이지요. 수사관님도 같은 여성이니까 이 동네에서 젊은 여성이 혼자 사는 게 썩 어울리지 않는다는 건 잘 아실 거라고 생각합니다.

네? 왜 제 옷차림을 훑고 하는 일을 물어보시는지 되묻고 싶은데요. 난 그저 참고인 자격으로 성실하게 협조하고 있다는 것만 알아두셨으면 좋겠습니다. 길이가 짧은 옷, 느린 말투로 특정 직업을 유추하신다면 실수하시는 거라고 말씀드리고 싶네요. 흔치 않은 여자 형사라고 되물어야 같은 기분을 느끼시려나요? 술집 여자라고 생각하시고 던진 질문 같은데 협조를 구하려거든 선입견을 거두고 존중하는 태도를 보이세요.

그래서 그 남자는 지금 어떻게 됐죠?

[302호 참고인 진술서]

- **녹음 일시** : ○월 ○○일 14:00
- **녹음 장소** : 진술 녹음실
- **참 고 인** : 302호 거주자 ○○○
- **질 문 자** : 형사과 강력계 수사관
- **대화 형태** : 일대일 대화

- **담당 수사관 소견**

302호 여성은 재택 근무하는 프리랜서 디자이너로, 집에 있는 시간이 길어서 3층 거주민들에 대한 정보가 매우 정확함. 모든 질문에 매우 구체적으로 답변함. 매일 일기를 써 진술에 신빙성이 있고 모든 내용은 CCTV로 확인하였음. 전체 녹음은 파일 형태로 첨부.

- **진술 내용**

이 동네는 저도 처음이에요. 첫인상은 꾸미지 않는 민낯, 오래된 흉터, 콤플렉스 같은 느낌이었죠. 화려하고 번쩍거리는 도시가 감추고 싶어 하는 것처럼요.

아시다시피 월세가 가장 저렴한 동네잖아요. 도심과도 그렇게 멀지 않고요. 무엇보다 지하철이든 버스든 넉넉히 한 시간이면 어디든지 닿을 수 있어요. 프리랜서 디자이너로 일하며 가끔 외주회사를 만나기에도 괜찮고 재택 근무하기에는 그럭저럭 괜찮은 동네였어요.

갑자기 집을 구해야 하는 상황에서 주머니 사정에 맞는 불가피한 선택이기도 했죠. 내키지 않았지만 막상 와보니 생각보다 좋았어요. 아니, 나쁘지 않았다는 표현이 가장 정확해요.

여긴 1, 2인 가구가 많아서 그에 맞춰 과일을 소분해서 판매하거나 1인분만 판매하는 고깃집 등 철저히 1, 2인 가구 맞춤 시장이 형성된 동네예요. 교육, 교통, 치안 등 쾌적한 주거 환경보다는 철저하게 비용에 맞춰 형성된 곳이죠. 그런 이유로 시간이 지나면서 조금씩이나마 동네에 적응할 수 있었어요. 어차피 집에 있는 시간이 많아서 같은 월세로 조금 더 넓은 집을 얻을 수 있는가가 가장 중요한 고려 대상이었거든요.

아쉬운 건, 월세가 싸다는 이유로 여러 군상들이 몰려들다 보니 신문이나 방송에 단골로 나오는 동네였어요. 물론 정치, 경제, 문화 코너가 아니라 사건 사고를 취급하는 코너였죠. 최근에도 이 동네에서 이상한 사람이 기행을 벌이는 바람에 몇 날 며칠 동안 뉴스에 나온 적이 있어요. 여기로 이사 온다고 하자 가족들도 다시 생각해보라며 만류했을 정도였어요.

밤에는 술 취한 사람들의 소리가 창문 너머도 들려오고 서로 욕하며 싸우는 소리, 귀를 찢는 자동차 경적 소리, 머플러를 개조한 시끄러운 배달용 오토바이 소리, 경찰 사이렌 소리까지 심심찮게 들을 수 있는 곳이죠. 다들 가난에 쫓기는지 자전거, 오토바이, 자동차 할 것 없이 마구 속도를 냈어요. 특히 끼이이익 하는 급정거 소리가 들리면 쫑긋 귀가 서면서 온갖 불길한 상상을 하게 만들었죠.

가출 청소년들도 꽤 많이 보이고 가난한 커플의 첫 보금자리로서의 역할도 하는 거 같았어요. 멀지 않은 곳에 공장 밀집 지역도 많아 외국인 노동자들도 살았는데 서너 명이 같이 움직이는 걸 보면 직원 숙소로 쓰이는 곳도 있나봐요.

웅성웅성 사람들이 모여 있으면 그 사이에 형광색 조끼 입은 경찰관들이 현장을 정리하는 건 자주 보는 광경이었어요. 길바닥에는 여러 종류의 광고지와 담배꽁초, 먹다 남은 피자가 들어 있는 박스, 일회용품 쓰레기가 나뒹굴었어요. 사람의 토사물을 먹이 삼은 비둘기가 포동포동 살찌는 그런 동네였죠.

—

집은 정확히 10층까지 있는 건물이에요. 조금 오래된 건물이
지만 지하철역과 가까운 편이라 사회 초년생이 지내기에는 괜찮
은 편이었어요. 이 동네는 대부분 비슷하게 생긴 건물이 다닥다
닥 붙어 있어서 처음에는 길을 여러 번 잃었어요. 동네 사람들
은 생활 형편도 대부분 비슷해요. 아마 평균 수입을 그래프로
그리면 중하위 그룹 30~50퍼센트 정도에 몰려 있을 거라 확신
해요. 자산을 그래프로 그린다면 하위 10~30퍼센트에 몰려 있
을 거예요.

부동산 중개인도 제 형편을 짐작하고 그에 맞는 집들을 보여
줬어요. 거기서 저의 사회적 위치를 확인할 수 있었죠. 비참한
마음까지 들었어요. 보여준 여러 곳의 집 중에서 지금 사는 집
이 제 조건에 가장 맞았어요. 다른 집들을 보여줬을 때, 제 표정
이 어둡다는 것을 알고 숨겨둔 보물을 보여주는 양, 선심 쓰듯
지금의 집을 보여주더라고요.

건물 출입구와 층마다 CCTV가 설치되어 있고 꽤 가까운 곳
에 파출소도 있었어요. 다른 곳보다 조금 넓고 월세가 저렴해서
다른 대안이 없었기에 당일에 바로 계약했죠.

—

제 집은 3층 복도의 중간에 있는 방이었어요. 한 층엔 여섯 세대가 있었고, 엘리베이터와 가까운 순서로 번호를 매겼어요.

엘리베이터에서 내리면 왼쪽부터 301호, 302호, 303호가 있고, 303호 맞은편부터 304호, 305호, 306호 순서였어요. 건물주인의 배려로 1, 2, 3층은 모두 여성들만 살게 해주셨는데 전 그점이 가장 마음에 들었어요. 더구나 2년 치 월세를 한 번에 내면 20퍼센트 할인해준다는 달콤한 제안을 거절할 수도 없었죠.

당시 아버지가 돌아가시면서 오빠와 저에게 각각 작은 집 한칸 마련할 돈을 유산으로 남겨주셨는데 딱 금액에 맞았어요. 홀아버지가 곁을 떠나자 남은 건 오빠와 저뿐이었어요. 오빠와 새언니, 두 조카, 그리고 저. 다섯 명이 살다가 오빠가 사업을 하겠다며 집을 처분한 이후 저는 따로 독립하게 됐죠. 처음엔 작은차를 사려고 생각했는데 독립하면서 집을 구하게 됐어요. 그게서둘러 이사 오게 된 이유예요.

책상, 옷장, 가스레인지, 냉장고, TV가 모두 갖춰진 곳이어서바로 옷가지를 채워 넣은 것으로 이사를 끝냈죠. 가장 작은 트럭을 빌렸는데 그마저도 텅텅 비어 있을 정도로 짐이 조금밖에없었어요. 짐이 가볍다는 건 그만큼 인생에 흔적이 없다고 생각하니 조금 서글펐던 기억이 나요.

전에 살던 집보다 두 배는 넓었어요. 가장 좋은 건 침실이 따로 있어서 주방에서 요리를 해도 침실에는 냄새가 들어가지 않는다는 점이었어요.

아쉬운 건 방 호수였어요. 제 집이 302호였거든요. 양 옆에 301호와 303호가 있어 소음에 민감한 저에게는 썩 좋은 곳은 아니었어요.

왜 집주인이 달콤한 제안을 했는지 안 건 하룻밤이 지난 후였어요. 창문을 열면 전철 소리가 시끄러워서 신경 쓰였고, 창문을 닫으면 내부의 생활 소음이 다 들렸거든요. 전철이 지나갈 때마다 미세한 진동들이 전해졌어요. 밤에는 삼삼오오 사람들이 모여서 담배를 피우는지 연기가 3층까지 올라왔어요.

—

음, 301호는 밤에 출근하는 여자 같았어요. 요즘 보기 드문 진한 화장으로 나이를 감추는 듯했어요. 계절과 상관없이 엉덩이가 보일 것 같은 짧은 치마는 제가 보기에도 조금 민망했어요. 블랙 컬러와 가죽을 좋아하는지 검은색 가죽 재킷과 짧은 치마를 입고 검정 스타킹을 신은 모습만 봤어요. 머리는 단발이었는데 제법 잘 어울렸어요. 160센티미터 정도의 키였지만 하이힐이 높아 170센티미터 정도로 보여요.

약간 통통한 뱃살은 운동 부족 때문일 거라고 생각했죠. 살짝 나온 배가 매력 포인트가 될 거라고 생각했어요. 저는 아주 마른 편이어서 조금 부러웠어요.

301호가 이른 새벽에 집에 들어와 씻지도 않고, 잠만 자는 게 오히려 좋았어요. 어쩌면 일하는 곳에 샤워실이 있어서 씻지 않고 잤을 테지요. 그러고는 늦은 오후에는 출근을 준비하는 분주한 소리가 들렸어요.

저와는 종종 마주쳐도 가벼운 인사만 하는 정도였어요. 이상하게도 3층 사람들 가운데 301호를 자주 마주쳤는데 '사는 게 괜찮냐', '하는 일은 잘되냐'라고 종종 물었어요. 비슷한 또래가 하는 질문 치고는 의아해서 늘 대답을 얼버무리고는 했어요. 예의는 갖췄지만 표정은 차가웠어요. 특히 눈에 서려 있는 기운이 너무 살벌했어요. 그 눈만 봐도 전의를 상실하고 온몸을 딱딱하게 굳어버리게 만드는 느낌이요. 불편하던 차에 서로 거리를 두는 것이 더 좋아서 깊은 대화를 하지는 않았어요.

전에 살던 집에선 너무 친근하게 다가오는 사람이 있어서 불편했거든요. 불쑥 문을 두드리거나 드라이기를 빌려달라는 둥, 그게 싫었던 저는 인사만 하는 사이가 편했어요. 어차피 이 동네에서 계속 살 것도 아니라고 생각했으니까요.

다른 동네의 이웃이었다면 서로 반갑게 인사했을 테지만 이 동네에서는 그런 인사를 하지 않는 게 암묵적인 룰이었어요. 다들 어딘가 예민하고 화난 표정, 차갑고 무뚝뚝한 표정이었죠. 젊음이 그늘진 그 서늘함은 말로 다 설명 못 해요. 젊은이는 웃지도 울지도 않았고 노인의 얼굴에서는 여유가 보이지 않았죠.

서로의 사생활을 대강 알지만 절대로 선을 넘어서는 안 된다는 룰. 예의라고 해야 할지, 무관심이나 냉혹이라고 해야 할지. 빨리 이 동네를 벗어나 사람답게 살고 싶은 사람들 나름의 룰이라고 생각했어요. 저 역시 그 룰에 동의하고 최대한 빨리 이곳을 벗어나려고 애썼던 거 같아요. 사람답게 살기 위해 잠시 삶을 재정비하는 공간쯤으로만 여겼어요.

중년이 넘어서까지 이 동네에 살면 루저 아닌가요? 저는 루저가 되기 싫었어요. 그 모습이 비참해 보이기까지 했거든요.

혼자 외롭게 살다가 아무도 모르는 죽음을 맞이하고 싶지 않았어요. 고독사하는 건 너무 끔찍하고 슬픈 일이잖아요. 그래서 더 악착같이 일에 집중했어요. 지옥이 눈앞에 보였으니까요. 실패의 잔인한 경험들은 자신도 모르게 뇌에 기록되고 DNA 속으로 스며들어서 대대로 영향을 끼친다고 봐요. 그 두려움에서 벗어나기 위해 현실에서 자주 벗어났어요. 제 삶이 지독하게도 현실적이라 반대로 판타지를 좋아하거든요. 판타지 캐릭터를 좋아하고 몰입하면서 현실을 잊어요. 그렇게 다들 답답한 현실을 견디며 살아가는 거죠.

잠시 머무는 건 나쁘지 않지만 평생을 살기에는 삭막하고 답답한 곳이라는 데 동네 사람들 대부분이 공감할 거라고 생각해요. 다행히 전 2년 동안 다른 생각 없이 열심히 일하는 기계가 될 준비가 돼 있었어요.

—

처음 집을 계약할 때 집주인이 문제가 있으면 306호에 말하면 된다고 알려줬어요. 306호 아주머니가 이 건물의 청소를 비롯해 전반적인 관리를 한다며 전화번호를 줬는데 이 건물의 반장 같은 역할을 하는 듯했어요.

하루 한 번, 1층부터 10층까지 복도와 계단을 청소하고 집주인의 잔심부름을 해주는 거 같았어요. 건물 관리하면서 월세 없이 사는 듯했는데 확실한 건 모르겠어요. 복도에서 통화하는 306호의 대화를 들은 거라 정확하지는 않아요. 언젠가 몇 호, 몇 호는 월세를 안 낸다고 화내셨어요. 그런 50대 중반의 아주머니를 보며 더 일을 열심히 해야겠다고 다짐했어요.

306호 아주머니는 제가 이사한 다음 날, 저희 집 문을 두드리더니 새로 이사 온 집이냐며, 자기는 306호니까 앞으로 필요한 거 있으면 말하라고 했어요. 마침 샤워기가 조금 더럽길래 가볍게 얘기했는데 비품실에서 새 샤워기 헤드를 가져와 교체해줬어요. 양쪽 팔을 걷고 바짓단을 걷어 올려 욕실에 들어가 뚝딱

하고 교체하는 게 베테랑의 손길 같았죠.

그런데 집에 들어와 헤드를 교체하는 그 짧은 순간에도 어찌나 말이 많으시던지, 손은 샤워기를 교체하면서 입은 멈추지 않았어요. 듣는 게 조금 힘들었어요.

306호의 입을 거치면 과장된 소문이 날 수도 있겠다는 생각에 최대한 대꾸는 하지 않았어요. 자꾸만 제 사생활을 물어봤거든요. 무슨 일을 하냐, 남자친구는 있냐, 어떻게 이 동네에 왔냐, 몇 살이냐 같은. 제가 얼버무리며 대답을 피하면 바로 다음 화제로 이어갔어요.

대부분 이 건물의 세입자들에 대한 욕이었죠. 남자들이 주로 사는 4~8층은 복도가 더럽다느니 몇 호는 남자 둘이 사는데 게이니 호모 같다느니 하는 말이었죠. 복도에서 흘러나오는 찬송가를 들으면 분명 독실한 신자인 것 같은데 편견과 혐오로 가득 찬 막말을 거침없이 했어요. 무지와 혐오가 섞인 괴상한 사이비의 모습이 혐오스러웠어요.

자신이 볼 때 301호는 예쁘장한데 버릇이 없고, 303호는 가끔 집에서 야릇한 신음 소리가 들리고, 304호는 음침하고 뚱뚱한 은둔형 외톨이이고, 305호는 온몸에 문신으로 장난치고 얼굴에 쇠를 박아 넣은 괴물이라는 식이죠. 3층에 정상적인 사람은 306호 자신뿐이었죠. 분명히 제가 없는 곳에서 제 험담도 했겠죠?

—

저는 신경이 예민한 편이라 피해를 받는 것도, 피해를 주는 것도 싫어해요. 설거지할 때도 그릇 부딪치는 소리가 나지 않게 조심해서 했고, 간혹 기침이 나올 때도 수건으로 입을 막았어요. 세탁도 가급적이면 사람들이 없는 시간에 했죠. 세탁이라고 해봐야 수건이나 속옷, 집에서 입는 가벼운 티셔츠 정도에 그쳐서 손빨래도 많이 했어요.

생리적인 현상도 마찬가지였죠. 방귀가 나올 때는 엉덩이 한쪽을 살짝 비틀어 들어 올려 소리를 죽였고, 간혹 소리가 새어 나오면 괜히 민망한 표정이 지어졌어요. 내 집인데도 말이죠.

휴대폰은 당연히 무음으로 해야 했어요. 벨소리는 당연히 민폐였고 진동으로도 안 했어요. 오래된 건물이라 휴대폰 진동이 바닥을 타고 옆집과 아랫집에 전해질 정도였거든요.

저는 사람 몸에서 그렇게 다양한 소리가 나는 것을 그때야 알았어요. 몸에서 나오는 자연스러운 소리를 통제해야만 하는 상황이 감옥살이 같았죠. 이런 삶을 표현하는 가장 정확한 단어는 '비참' 정도가 맞겠네요. 생리 현상을 절제하면서 사는 게 사람답지 못한 삶이라는 생각이 들더라고요. 정말이지 숨막히는 생활을 참고 사는 데는 딱 한 가지 이유밖에 없었어요. 월세요. 다른 옵션은 없었어요. 원래 옵션에는 돈이 들어가잖아요. 이 집에서 바짝 열심히 일해서 조금 더 나은 공간으로 가기 위해 숨을 고르는 장소였으니 참아야만 했죠. 다른 방법이 없었어요.

제가 소리를 참는 것은 어느 정도 절제할 수 있지만 점점 통제할 수 없는 불특정한 다양한 소음이 조금씩 저를 괴롭히기 시작했어요. 집에서 외주 디자인을 하고 있어서 외출은 거의 하지 않은 채 집에만 있었고, 이런 생활이 조금 지나니까 3층 사람들의 생활 패턴을 모두 알 수 있게 됐죠.

언제 출퇴근하는지, 몇 시쯤에 알람을 맞추고, 알람 소리 몇 번 만에 일어나는지, 남자친구는 있는지, 어떤 성격의 사람인지, 섹스 패턴은 어떤지 등 굳이 알고 싶지 않은 사생활을 알게 됐어요. 심지어 우편물을 통해 경제 상황까지 알 수 있었어요. 은행의 채권 독촉 우편물과 공과금 미납 고지서들이 꽂혀 있었거든요. 불필요한 정보가 머리에 들어오니 불쾌해지더라고요.

—

305호에 대해 알 수 있었던 건 306호 아주머니의 입을 통해서였어요. 복도를 청소하는 동안 305호에서 웬 남자가 옷에 피를 묻힌 상태로 허겁지겁 뛰쳐나오는 걸 봤다면서 수십 번을 반복해서 말하더라고요. 그 말을 들으니 조금 무서웠어요. 피 묻은 사람이 도망쳐 나갔다는 건 조금 무섭잖아요. 그때 이 동네가 어떤 곳인지 실감했어요. 아, 결코 평범하지 않은 곳이구나.

며칠 후 305호와 마주친 적이 있었어요. 정말 무섭더라고요. 평소 3층까지 걸어 올라가지만 마침 엘리베이터가 1층에 있어서 문이 닫히려는 엘리베이터를 붙잡아 올라탔어요. 이웃과 만나도 간단한 인사만 하는 이 동네의 룰을 충실히 지키려는데 순간 눈썹과 입술의 피어싱이 먼저 보였어요. 귀에도 여러 개의 크롬이 빛났는데 어림잡아 6, 7개가 한쪽 귀에 걸려 있었어요.

목 왼쪽엔 코브라의 머리, 또 다른 한쪽은 반지갑 정도 크기의 사람 눈 모양 타투가 보였어요. 목에도 눈이 있어 시선을 어디에 둬야 할지 모르겠더라고요. 아마 가슴과 허리, 엉덩이는 코브라 몸통과 꼬리가 휘감고 있겠죠? 투블럭 헤어스타일, 헐렁한 바지, 운동화를 보며 남자인 줄 알았는데 얼굴선이 여자였어요. 룰이고 뭐고 자세히 보지 않을 수가 없었어요.

305호는 당황한 제 표정을 보고 어색한 미소와 함께 인사를 하는데 혀에도 피어싱이 있었어요. 저도 모르게 목에 있는 타투와 얼굴의 피어싱을 번갈아 보며 쳐다봤어요. 이 동네의 룰을 와장창 깬 거죠. 피식 웃더니 많이 놀라게 해서 죄송하다고, 자신은 305호에 살고 집 근처 전철역 앞에서 액세서리를 판매한다고 말했어요. 아주 정중하고 조용한 모습이었어요. 내 머릿속에서 만들어진 이미지와는 아주 달랐어요.

그릇된 제 선입견에 스스로가 부끄러워지는 순간이었죠. 305호가 손을 움직이며 말하자 밀폐된 공간에서 작은 바람이 가볍게 일었는데 제가 좋아하는 향기가 풍겨왔어요. 찌든 담배 냄새가 아니라 상큼하고 달달한 향기라니요. 코끝에 닿자마자 순간 입가를 잡아당기는 것처럼 미소가 지어지더군요.

앞집에 사는 걸 알고 나중에 액세서리 구입할 생각이 있으면 할인해주겠다는 말과 명함을 같이 건넸는데 명함에 주소 없이 인터넷 블로그 주소만 있었어요. 어차피 안 갈 거라는 것을 알면서 인사치레로 건네는 기계적인 반응이었어요. 대화를 해보면 갓 입사한 부끄러움 많은 영업사원 같았는데 옷차림과 얼굴은 언더그라운드 락그룹의 일원 같았죠.

이런 사람을 두고 306호 아주머니가 괴물이라고 말하다니, 조금은 화가 나면서 저도 내심 선입견을 들킨 마음에 부끄러웠어요. 다른 사람 말에 누군가를 재단하고 판단했다는 게 미안해지더라고요. 다음에 마주치면 조금 더 웃어야겠다고 생각했죠.

조금 특이한 건 303호예요. 제 옆집, 복도 끝에 있는 집이요. 뭐 하는지 모르지만 소음이 꽤나 자주 들렸어요. 소음 스트레스에 이어폰을 끼고 음악을 들으면서 작업했지만 언젠가부터는 소음이 진동으로 전해져왔어요. 진동으로 전해지는 소음은 상상력을 자극했어요. 갑작스러운 소음이 다 그렇듯 극단적으로 끔찍한 상상을 하게 만들어요.

불규칙하게 슥 스슥 쿠쿵 쿠구구구쿵 이런 식으로 들렸어요. 강아지가 벽을 발톱으로 긁는 듯한 소리가 들리기도 하고, 집 안 물건이 떨어지는지 쿵 하는 둔탁한 소리가 나면 온갖 상상을 하기도 했어요. 뭐지, 사람이 머리를 바닥에 찧은 건가, 여러 생각을 하다가 다시 소리가 나기를 초조하게 기다렸어요.

그러다 통화 소리가 들리면 휴우, 하고 안심했죠. 303호는 분위기 전환을 위해 자주 가구 배치를 바꾸는 건지, 침대와 책상을 같이 쓸 수 있는 트랜스포밍 가구를 사용하는 건지 어쨌든 가구가 바닥에 부딪히는 소리도 자주 들렸어요. 그때부터였던 거 같아요. 소음을 통해서 어떤 상황인지 짐작하게 되는 거요. 소리가 들리면 자동으로 이미지가 퍼즐처럼 맞춰졌어요.

점점 소음이 심해지자 '나를 만만하게 보나', '무시하나' 하는 생각이 들 때쯤이었어요. 저도 집중하기에 좋은 파도나 물소리, 계곡 소리 같은 백색소음을 틀어서 소음을 피하려고 했지만 점점 심해지자 몸이 반응할 정도였어요.

—

작은 소리에도 깜짝 놀라는 제 스스로를 보면서 화가 나더라고요. 내가 왜 이런 불규칙하고 대중없는 소리에 놀라야 하나 생각하면서요. 시간이 지나면서 스트레스 지수가 천장을 뚫을 정도로 높아졌어요. 일부러 나를 괴롭히려는 건가 생각했죠. 언제 소음 공격이 있을지 몰라 잠을 자기 위해 수면유도제를 먹어야 할 수준에 이르렀어요.

처음에는 집주인에게 연락해 소음 때문에 힘들다고 했더니 303호에게 연락해 주의를 주겠다고 말했어요. 하루쯤은 조용했어요. 그러더니 다시 시작됐죠.

이게 몇 번 반복되니 문을 두드려 조용히 해달라고 말해볼까 어떻게 해야 하나 온갖 방법을 고민하다가, 결국 쪽지를 써서 붙였어요. 신경쇠약에 걸릴 정도였거든요. 조금만 쿵쿵대는 소리를 줄여달라고 최대한 정중하게 써서 문 앞에 붙였죠. 최대한 조심스럽게 썼던 것 같아요.

안녕하세요, 302호에 사는 사람인데요. 바로 옆집인데 얼굴을 뵌 적도 없이 쪽지로 인사드려 죄송스럽게 생각해요. 다름이 아니라, 노후화된 건물의 1차적인 문제가 크겠지만 가끔 들리는 쿵쿵 소리에 깜짝 놀라서 자다가 깰 정도예요. 바닥에 부딪히는 소리가 저희 집까지 전해져오는데 혹시나 거실 바닥에 매트를 까는 건 어떨까요? 그렇게 해주신다면, 제가 비용의 절반을 댈 용의가 있습니다. 제가 집에 있는 시간이 많아서 그런 것이니 부디 긍정적으로 생각해주시길 부탁드려요. 감사합니다.

—302호

그랬더니 정말로 한동안은 잠잠했어요. 효과가 있다고 생각하니 묘한 승리감까지 들었을 정도로요. 그러고 나서 얼마간 303호의 존재를 잊으며 살고 있었어요. 옆집 소음 스트레스가 줄어드니 진심으로 감사했어요. 당연한 일이 감사한 일이 되어버린 아이러니였죠.

—

늘 반복되는 일상에 지겨울 무렵, 아주 오랜만에 외주 회사 미팅을 나갔다가 집에 들어오는 길이었어요. 거의 2주 만의 외출이었던 거 같아요. 집 근처 횡단보도는 출퇴근길에 동네 사람들이 한꺼번에 쏟아져 나와요. 어디서들 그렇게 많이 나오는지 바퀴벌레처럼 보이기도 하죠. 그 많은 인파 가운데 유독 슬프고 안절부절못하는 표정의 여자가 보였어요. 아이 잃은 엄마의 표정이랄까요, 엄마 잃은 아이의 표정이랄까요. 눈의 초점이 빠르게 흔들리며 여기저기 두리번거렸어요. 반대편에서도 잘 보였어요.

누군가에게 쫓기는 사람처럼 매우 피곤하고 불안한 모습이었죠. 잔뜩 겁에 질린 표정이었어요. 보고 있는 사람을 민망하게 만들 정도의 불안한 모습이 무서워 보이기까지 했거든요. 무언가에 중독된 사람처럼, 금단 현상을 겪는 마약 중독자의 모습처럼요. 뚱뚱한 체형을 가리기 위해 헐렁한 옷을 입었는데 아이들이 좋아할 만한 캐릭터가 크게 그려져 있었어요. 엄마가 사주는 옷을 고스란히 입을 나이는 지난 것 같아 별나 보였죠.

이상한 점이 많았지만 대도시에는 이상한 사람이 워낙 많아 그러려니 생각했지요. 그런데 지금 생각해보면 더 이상한 사람이었던 거 같아요. 제가 왜곡해서 기억하는 것이 아니라고 분명히 이야기할 수 있어요.

그 불안한 모습이 잔상에서 채 사라지기도 전에 3층에서 마주쳤거든요. 같은 층에 사는 사람이구나, 생각하면서 며칠 전 횡단보도에서의 표정을 생각했어요. 표정은 똑같았어요. 누군가에게 쫓기는 지친 모습이요. 그런데 가슴에 꼭 안고 있는 게 눈에 들어왔어요. 투명 비닐 안에는 형형색색 살아 있는 관상어가 담겨 있었어요. 귀한 도자기처럼 가슴에 안고 있더라고요.

눈을 보며 인사하려고 하는데 304호는 눈을 잘 마주치지 못했어요. 제가 먼저 안녕하세요, 하고 인사하자 그녀도 마지못해 안녕하세요, 하고 인사하는데 짧은 인사말인데도 더듬거리고 뒷말을 흐렸어요. 서로의 시선이 엇나가 눈도 마주치지 못했어요.

전 제 집 앞에서 일부러 문을 늦게 열었어요. 가방에서 무언가를 찾는 척하며 문 앞에 서 있었죠. 그 여자는 제가 집에 들어가지 않자 머뭇거리더니 큰 결심이라도 한 양 크게 숨을 들이쉬더니 304호로 서둘러 들어갔어요. 쾅 하고 문을 닫아서 깜짝 놀랐던 기억이 나요.

유난히 시끄럽게 문을 쾅 하고 닫는 사람이 304호구나, 그때 확실히 알았죠. 매번 문을 '쾅!' 하고 닫아서인지 문틈이 어긋나 있어 끼이이익 하는 소리가 났어요. 그래서 그 소리로 303호와 304호의 문소리를 정확히 구별할 수 있었죠.

그런데 이상했어요. 밖에서 볼 때의 304호는 유난히 불안하고 초조한 눈빛이었는데 집에 들어가서 누군가와 통화할 때는 재잘거리는 활기차고 밝은 목소리였거든요. 웃음소리도 들렸어요. 다른 사람이 있는지 착각할 정도였어요.

표정이야 애써 숨길 수 있어도 목소리에 섞여 있는 감정은 아무리 연습해도 숨기기 쉽지 않잖아요. 보통은 대각선 방향에 있는 304호 목소리가 잘 들리지 않는데 그날은 유난히 잘 들렸어요. 다른 사람인가 착각할 정도로 바깥에서의 모습과는 다른 목소리였어요.

—

이사 온 지 3개월쯤 지났을까요. 이른 저녁 시간 창문에서 달콤하고 고소한 빵 굽는 향기가 스멀스멀 넘어왔어요. 잠시 후 303호의 문이 열리는 소리가 들렸어요. 발자국 소리가 짧게 들리더니 발걸음이 멈춘 곳은 304호 앞이었어요. 그리고 똑똑 노크하는 소리가 들리고 304호에게 "컵케이크 먹을래?"라는 말을 건네더군요. 어린아이에게 하듯 아주 다정한 목소리였어요. 목소리에서 표정을 읽을 수 있을 정도였죠.

잠시 적막이 흐르더니 304호 여자는 복도가 울릴 만큼 "아, 고맙습니다!"라고 말하면서 약간 과장되게 웃었어요. 갑자기 복도가 울리는 큰 소리에 깜짝 놀랐어요. 그리고 다시 끼이이익 소리가 들리고 문을 쾅 하고 닫았어요. 처음 볼 때도 그렇고 304호 문 닫는 소리는 유난히 컸어요. 왜 주변 사람에게 피해를 준다는 인식을 못 하는 걸까, 나중에 마주치면 주의해달라고 한마디 하려고 했어요. 복도에서는 소리가 울리니 더 주의해달라는 엘리베이터에 붙은 안내문이 오버랩 되면서 조금은 짜증나는 거 있죠?

304호는 20대 중반 정도로 추정되지만 말 그대로 추정일 뿐이에요. 목소리에는 많은 정보가 담겨 있잖아요. 약간 어눌한 말투와 목소리 톤, 과장된 웃음소리로 추정하건데, 사회성이 결여되었거나 지적장애가 있는 사람으로 생각했어요.

마침 출출하던 차에 내심 저에게도 컵케이크를 가져다주겠거니 기대했지만 저에겐 주지 않았어요. 제가 소음으로 집주인에게 항의하고 문 앞에 쪽지까지 붙여놓았으니 못마땅했던 거 같아요. 얼굴도 모르는 303호에게 조금 서운하기까지 했죠. 그래도 어쩔 수 없죠. 이 동네의 룰이 '이웃을 멀리하라'인걸요.

이틀 정도나 지났을까요, 303호의 문이 열렸어요. 똑똑 노크 소리가 들리고 304호가 반갑게 맞이하는 소리가 들렸어요. 처음과는 다르게 과장된 웃음소리를 죽이며 고맙다고 말했어요. 아마 303호가 주의를 준 것인지도 모르겠네요. 저같이 예민한 사람이 같은 층에 살고 있으니까 말이에요.

처음에는 존댓말을 썼던 것 같은데 언니라고 친근한 호칭으로 불렀어요. 303호의 문이 열리면 똑똑 노크 소리가 들리고 다시 304호의 문이 열리고 쾅 하는 소리와 함께 문이 닫혔어요. 일종의 루틴이었죠. 한 시간 정도 이야기를 나누는지 웃음소리가 흐릿하게 새어 나왔어요.

둘이 친해진 거 같았어요. 이 삭막한 동네에서 웃음이라는 것도 약간의 사치처럼 느껴지던 때여서 듣기 좋았어요. 친구 하나 없는 이 공간에서 저렇게 낄낄대며 놀 수 있는 게 부럽기까지 했다니까요. 제가 먼저 컵케이크나 다른 음식을 나눠줄까 고민하기까지 했어요. 그만큼 외로웠나 봐요. 거의 일하는 데만 온 신경을 다 쓰고 있었으니 그게 당연했죠.

그렇게 303호와 304호는 부러울 정도로 친한 모습을 보이며 웃음소리가 바깥으로 새어 나왔어요. 저는 종종 집 안을 채우던 파도 소리나 기차 소리를 끄고 둘의 소리를 들으면서 디자인 작업을 했어요. 그만큼 혼자 일하는 데 저도 모르게 지쳤거나 외로웠던 거 같아요.

—

시간이 지나면서 발자국 소리로 몇 호에 사는 사람인지 알 수 있게 됐어요. 어느 정도였냐면 가끔 3층에 배달 오는 아저씨의 발소리도 구분할 정도였어요.

그런데 그날은 처음 듣는 발자국 소리였어요. 3층은 여성 전용층인데 저벅저벅하는 남자의 발자국 소리였어요. 구두를 신었고 보폭으로 보아 발걸음이 느리거나 키가 큰 남자 같았죠.

그 남자는 자연스럽게 303호의 집에 들어갔어요. 곧 남자의 거친 기침 소리가 들리더니 누군가와 통화를 하는 거 같더라고요. 잠시 후 보폭이 빠른 발걸음 소리가 들리고 303호가 서둘러 허겁지겁 집에 들어왔어요.

남자는 여자가 늦었다고 타박하는 거 같았어요. 자기 분을 주체하지 못하고 울음에 가까운 신음을 토해냈죠. 목소리로 추정하면 30대 중후반 정도의 남자 같았어요. 대화의 호흡을 미루어 볼 때, 흡연자라는 것도 알 수 있었어요. 대화 중 후우우, 하며 내뱉는 호흡이 많았거든요.

연신 미안하다는 여자에게 울부짖듯 내뱉는 소리는 제 귀를 괴롭혔고, 저는 어찌할 바를 몰라 하던 일을 멈추고 303호에 집중하기 시작했어요. 신경 쓰지 않으려고 해도 303호에서 나오는 소리에 집중할 수밖에 없었어요. 상황이 심상치 않은 것 같아

휴대폰에 미리 112를 입력해놓고 경찰에 어떻게 말해야 할지 머 릿속으로 미리 생각하고 있었죠.

진짜 신고해야 하나 고민하고 있는데 잠시 조용해졌어요. 시간이 지나자 남자는 분이 가라앉은 것처럼 보였고 여자의 웃음이 간혹 섞여서 들렸어요. 그래서 다시 이어폰을 끼고 일하려던 참이었어요. 정말이지 듣기 민망한 소리가 들리기 시작했거든요.

소리가 웅웅 하고 울리는 걸로 미루어 둘은 같이 욕실에 있는 것 같았어요. 평소에도 옆집에서 온갖 소리가 들렸지만 욕실에서 나오는 소리는 더 선명하게 들렸어요. 욕실이 벽과 맞닿아 있거든요. 먼저 샤워기에서 쏟아지는 쏴아아 하는 물소리가 들렸어요. 그러고는 물에 젖은 살이 거칠게 부딪히는 소리가 들렸는데 소리만으로도 자세를 알 수 있었죠. 신음 소리를 묻으려고 샤워기를 세게 튼 것 같았지만 강하게 떨어지는 물줄기 소리를 뚫고 소리가 새어 나왔어요.

남자가 갈증을 허겁지겁 채우는 그런 모양새였죠. 지나친 갈증을 채우는 소리에 아마 3층 전체가 다 듣지 않았을까 싶어요. 어쩌면 욕실 배관을 타고 아래위 층까지 들렸을지도 몰라요.

다행히 민망한 소리는 오래 가지 않았어요. 남자가 서둘러 옷을 입는지 발바닥을 바닥에 쿵쿵 찧는 소리가 들렸거든요. 저도 혼자 남겨진 느낌이었죠. 남자가 나가고 303호는 누군가에게 전화해서 울먹이더니 304호에 가는 거 같았어요. 저는 직감했죠.

이건 백 퍼센트 데이트 폭력이라고.

—

　점점 303호에게 마음이 가기 시작했어요. 저도 비슷한 경험을 한 적이 있거든요. 안전하게 이별하고 싶지만 그게 쉽지 않은 상대도 있잖아요. 옆집 여자의 남자친구처럼.

　이후 남자의 발자국 소리가 들리면 비슷한 패턴이 이어졌어요. 남자의 거친 발자국 소리가 진동으로 전해지면 저는 이어폰을 조용히 뺐어요. 영화가 시작하기 전의 예고편처럼 느껴졌죠. 숨죽이며 집중했어요. 그 남자가 오면 곧 욕실을 가득 채우는 살 부딪치는 소리와 여자의 신음 소리가 진하게 들렸으니까요. 때때로 이 소리가 303호 여자의 살려달라는 비명처럼 들리기도 했어요.

　구두 신은 남자는 간헐적으로 303호를 드나들었어요. 어떤 때 사흘 연속으로 왔고 또 어떤 때 일주일 넘게 무소식이기도 했어요. 그런데 어느 날, 다른 남자 발자국 소리가 들렸어요. 분명 구두 소리인데 복도를 조심히 걸었어요. 발뒤꿈치를 들고 살살 걷는 게 보이는 듯했죠. 이웃을 배려할 줄 아는 사람이었어요. 발자국이 우리 집을 지나쳐서 304호라고 생각했어요. 그 짧은 시간에 304호에 찾아오는 사람도 있구나, 은둔형 외톨이도 친구나 가족이 있네, 하고 생각하던 중에 303호의 문이 열렸다가 덜컥 닫혔어요. 분명 다른 남자였어요.

원래 찾아오던 거친 발자국 소리의 남자와는 헤어졌나, 생각했어요. 데이트 폭력에 섹스 매너도 없는 남자와는 잘 헤어졌다고 생각했죠. 안전하게 이별해서 정말 다행이라고 말이에요. 저는 어느새 303호를 진심으로 걱정하고 있었어요.

새로운 남자는 다정한 남자였어요. 303호에 들어가 통화를 하는데 목소리가 다정하고 따뜻한 사람이라는 걸 알 수 있었죠. 저음의 웃음소리가 듣기 좋았어요. 이 남자가 오면 평화가 시작된 거 같았죠. 졸졸 시냇물 소리와 303호의 예쁜 웃음소리를 조합하면 천국을 형상화하는 게 아닐까 생각할 정도로요.

잠시 후 303호의 발자국 소리가 들렸어요. 문이 열리고 웃음소리가 들려왔죠. 소리가 벽에 한 번 걸러져서, 여자가 정확히 무슨 말을 하는지 알 수 없었지만 높은 톤과 웃음소리로 인해 매우 반가워한다는 것은 알 수 있었어요. 계속 깔깔대며 웃는 소리가 들렸어요. 그날은 저도 오랜만에 깊게 자고 일어나 개운한 마음에 옆집 여자의 웃음소리가 새소리처럼 듣기 좋았어요. 그날은 아마 처음 집에 데려와서 쉽게 보이고 싶지 않아서 그랬던지, 둘은 잠시 더 얘기를 나눈 뒤 같이 집을 나갔어요. 이후 모든 것이 안정된, 잔잔하고 평온한 상태가 이어졌어요.

처음 저를 괴롭히던 소음이 점점 줄어들고 저도 제 일을 인정

받기 시작해 새로운 고객들이 생기기 시작했어요. 그즈음 한번에 서너 건의 일을 하다 보니 수면 시간도 조금씩 줄어들기 시작했어요. 하지만 그것도 나쁘지 않았어요. 어서 외곽에 작업실이 딸린 작은 아파트로 이사할 계획에 부풀어 있었거든요. 아마 평일과 주말을 가리지 않고 하루에 네댓 시간 남짓 잤던 거 같아요. 그래도 담보된 미래가 눈앞에 있어 그것조차 즐거웠던 기억이 나요.

이전 남자와 달리, 그는 303호를 기쁘고 즐겁게 황홀하게 해주는 것 같았어요. 물론 저도 기쁘고 황홀하게 만들었죠.

—

303호와 304호와는 계속 친하게 지내는 거 같았어요. 컵케이크를 구워주기도 하고, 종종 과일을 많이 샀다며 304호에게 나눠주기도 했어요. 둘 사이에 끼고 싶을 만큼 질투가 났죠.

전 일하는 사람을 제외하고 누구와도 만나지 않았고 이곳엔 친구가 한 명도 없었거든요. 누군가를 만나서 사적인 이야기로 수다 떨고 웃는 시간이 그리웠어요. 304호는 대개 오전 12시쯤에야 일어났는데 여러 번 고민하다 이른 오후에 과일을 사서 304호의 문을 두드렸어요. 왜 그랬는지 아직도 모르겠어요. 충동적이었던 거 같아요.

303호보다는 그나마 304호가 더 편하다고 해야 할까요, 조금 더 쉬웠다고 해야 할까요. 수줍어하는 그녀를 보고 만만하다고 생각했던 건지, 제가 조금 더 우위에 있다는 얄궂은 자신감 때문이었던 건지, 정확히는 저도 모르겠어요.

문을 두드리자 쿵쿵대며 걸어오는 소리가 들리더니 문이 열렸어요. 304호와 전 안면만 트고 있을 뿐 친하지 않아서 무척이나 경계하는 거 같았어요. 처음 봤을 때보다 머리가 조금 더 길었더라고요. 저도 머리가 긴 편이지만, 바깥 외출이 거의 없는 304호의 머리는 엉덩이를 넘어 허벅지쯤에 닿아 있었어요. 머릿결은 나쁘지 않았어요. 집에 있어도 잘 씻고 관리하는 듯했죠. 저의 편견인지 모르지만 예전에 봉사 활동을 갔을 때 머리에 기름진 친구들을 많이 봤거든요. 304호는 잘 관리하는 은둔형 외톨이였죠.

저는 수줍어하는 304호의 성격에 맞춰 수줍은 표정과 목소리로 무장했어요. 과일을 많이 사서 버릴 수 없으니 같이 나눠 먹자고, 과일이 담긴 종이백을 매우 조심스럽게 쭈뼛거리며 내밀었죠. 304호는 처음 볼 때처럼 고개를 들지 못하고 시선을 아래에 두고 있었는데 그 틈으로 집을 둘러보니 작은 수족관이 여러 개 있었어요.

창문에 암막커튼과 블라인드가 쳐져 있는 데다 낮에도 집의 메인 조명을 켜지 않아 어두웠어요. 수족관에는 아늑한 조명이 빛나고 있었는데 매우 정성을 들이는 게 눈에 보일 정도였죠. 아마 인생의 유일한 행복을 작은 물고기를 보면서 찾는 게 아닌가 싶을 정도로요.

304호 여자는 고맙다는 말을 하면서 쭈뼛거렸고, 수줍게 웃어 보였어요. 짧은 웃음에서 수족관을 꾸미며 행복해하는 모습이 보일 정도였어요. 그런데 이상했어요. 제가 너무 외로웠던 거 같아요. 가까이에서 얼굴을 마주 보니 굳이 친해지는 게 외로움에 의한 실수였나 싶어서 얼버무리고는 서둘러 자리를 떠났어요.

생각했던 것처럼 304호는 보통 사람들과 조금은 달랐어요. 처음 봤을 때처럼 정서적으로 불안한 모습이 생리적인 거부감을 불러일으켰어요. 나와 다름에서 오는 공포요. 두려움에 불쾌함이 잔뜩 섞여 있는 마음이라고 할까요. 303호가 304호와 친하게 지내는 것 같아서 똑같은 사람인 줄 알았는데 달랐어요.

혼자 바쁘게 일하면서, 사회생활을 하면서 온전히 제 마음을 둘 곳이 없어서 그랬나 보다, 하고 스스로를 다독였어요. 그러고는 여느 때처럼 디자인 작업에 몰두하고 있었어요. 일부러 더 일에 집중해야 했어요. 꼭 그래야만 했어요.

그날 밤이었어요. 이번에는 304호의 문이 열리고 303호로 들어가는 소리가 났어요. 늘 303호가 304호로 들어가는데 반대였죠. 저는 벽에 귀를 갖다 댔어요. 둘이 어떤 이야기를 나누는지 몰라도 이따금씩 303호의 언성이 높아졌어요. 엄한 선생님 같은 느낌이었어요. 웅얼거리는 소리가 들리다가 303호 목소리가 높아졌다가 다시 잠잠해졌어요.

과일을 가져다준 게 실수는 아니었나 하는 생각에 미안해지더라고요. 둘은 꽤 오랜 시간 303호에 머물렀어요. 제 기억에는 304호가 303호로 간 것은 처음이었던 거 같아요. 초저녁에 들어가서 새벽 2시가 넘은 시간까지 함께 있었어요. 분명해요. 저도 그렇지만 303호와 304호의 평소와 다른 행동에 그날은 제 일기장에도 비교적 상세하게 적어났거든요. 일에 몰두해서 너무 외로운 건가 싶은 자기 연민에 빠져 평소 먹지 않던 야식과 술을 친구 삼아 먹고는 겨우 잠들었어요. 도무지 맨정신에 잠들기 어려운 그런 밤이었어요.

—

303호의 직업을 알게 된 것은 우연이었어요. 우편함에 꽂힌 '사회복지사협회'의 우편물 때문이었어요. 303호가 사회복지사로서 지적장애가 있는 304호와 친하게 지낸다고 생각하니 그동안 조각조각 흩어져 있던 여러 행적들이 순식간에 맞춰졌죠. 출퇴근 시간이 비교적 정확한 것도 그렇고요. 그래서 그동안 컵케이크며 과일이며 음식을 챙겨준 마음을 읽을 수 있었어요.

303호의 직업을 알게 된 것과 마찬가지로 304호의 우편함에 꽂힌 장애인단체 명의의 우편물을 보고 지적장애라는 걸 알았어요. 신체적인 장애는 없었으니까요. 304호가 경증의 지적장애를 앓고 있으니 사회복지사인 303호가 챙겨주는 모습에 흐뭇하기까지 했어요.

전 평소처럼 디자인 외주를 받아 작업하는 생활을 이어갔어요. 돈이 점점 모이고 일도 많아져 이곳에서의 생활이 끝나면 외곽에 조금 더 넓은 집으로 이사 갈 수 있겠다는 꿈에 부푼 일상이었죠. 시간이 날 때마다, 인테리어를 어떻게 꾸밀지 고민하기 시작했어요. 지금 집에 있는 가구는 전부 오래되고 칠이 벗겨진, 기본 옵션에 포함된 가구여서 제 마음에 들지 않았거든요.

이사 갈 집을 정하지도 않은 상태에서 이미 머릿속에서는 가구 배치를 마치고 어떤 향기로 집 안을 채울지도 완성했어요. 꿈이 눈에 보이기 시작했죠. 상상으로 시간을 메워가는 방법이 현재를 견디기엔 가장 좋은 처방이었어요. 과거는 혐오스럽고, 현재는 답답하고 지루해서 오직 미래만 붙잡고 살았어요.

—

술을 잘 마시지 못해서 리큐어만 마셔요. 일이 많아지면서 잠이 못 드는 경우에 수면유도제를 먹었지만 그마저도 효과가 없을 때는 리큐어에 우유나 음료수를 섞어서 마셨어요.

그날도 새벽에 잠을 못 자서 술을 가볍게 마시고 해가 중천에 뜰 때까지 자고 있었어요. 일부러 알람을 맞추지 않고 자고 싶은 만큼 잘 생각이었거든요. 창문 밖 소리 때문에 막 잠에서 깨려던 순간이었어요. 지축을 울리는 발자국 진동과 소리에 깨버렸어요. 소리, 진동, 감정까지 함께 실려 왔어요. 스스로 일어나려고 하는데 누가 급하게 흔들어 깨우는 불쾌한 느낌이 사라지기도 전에 순간 번뜩했어요.

쿵. 쿵. 쿵.

거친 발자국 소리였어요. 뭐지, 이미 헤어진 거 아닌가, 하는 생각이 미처 끝나기도 전에 성큼성큼 걸어가 303호 문이 쾅 하고 닫혔어요. 다시 사귀는 건가, 그럼 다정한 남자는 어떻게 되는 거지, 혹시 둘이 만나면 큰일이 벌어지는 거 아닌가? 혼자 고민하기 시작했어요. 얼굴도 본 적 없는 303호 여자의 입장에서 생각하니 저도 조금은 우스웠죠.

남자가 들어가고 나서도 아무 소리가 들리지 않았어요. 저도 10여 분 긴장하다가 긴장을 놓고 있었는데 두 시간 정도 지났을까요, 쿵 하는 소리가 짧게 들리더니 적막이 흘렀어요. 소리가 진동으로 바뀌어 온몸을 때리는 느낌이었어요.

단순히 딱딱한 물건이 바닥에 쿵 하고 떨어지는 소리가 아니었어요. 물컹한 무언가가 쿵 하고 떨어지는 소리였어요. 딱딱한 물체가 물렁한 외피에 한 번 걸러져 나오는 소리요.

쿵 소리는 바닥에서 내 몸을 타고 올라와 머리에서 계속 맴돌았어요. 온 신경이 바짝 곤두선 상태로 서 있었죠.

저는 무척 궁금하기도 하고 약간 두려운 마음에 발뒤꿈치를 들고 살며시 걸어가 벽에 귀를 갖다 댔어요. 깊게 숨을 들이쉬고, 옆집 소리에 귀를 기울였어요. 서둘러 서랍을 열었다 닫았다 하는 소리가 들렸어요. 보이진 않았지만 매우 바쁘게 움직였어요. 물이 들어 있는 화분을 카펫 위에 떨어뜨렸나 하는 생각을 애써 하며 잔인한 생각을 지우려고 했어요. 그런데 그게 잘 안 됐어요. 사람이 쓰러져 있는 모습이 떠나질 않았어요.

쿵 하는 무겁고 둔탁한 소리가 있은 후 분주한 소리가 이어졌고 이후 아무 소리도 나지 않았어요. 이상하다 생각한 순간, 문이 열리더니 복도에 남자의 발자국 소리가 울렸어요. 들어갈 때의 소리와 나갈 때의 소리가 달랐어요. 술에 취한 사람처럼 소리가 삐뚤게 들렸죠.

설마 여자를 해코지한 건가, 밀어서 넘어뜨린 건가, 아니면 살해한 건가, 온갖 퍼즐들을 맞춰봤지만 답은 나오지 않았어요. 점점 303호가 걱정되기 시작했죠. 전 문을 두드릴 용기도 없었고 119에 신고할 명분도 떠오르지 않았어요. 인기척이 전혀 느껴지지 않자 여러 가지 시나리오 중에서 여자가 죽었다는 쪽으로 생각의 추가 옮겨가기 시작했어요.

남자는 엘리베이터를 타지 않고 걸어서 내려갔어요. 급하게 현관문으로 달려가 귀를 가져다 댔는데 엘리베이터의 도착 소리가 들리지 않았거든요.

급한 마음에 바로 문을 열고 나왔어요. 근데 303호의 문 앞에 서자 순간 고민되기 시작했어요. 내가 진짜 열어도 되나, 하는 생각이 갑자기 커졌어요. 그래도 그 쿵 소리는 머릿속에 남아 떠나지 않았어요. 크게 한숨을 들이켰어요. 두근두근두근, 평생 제 심장이 가장 빠르게 뛴 순간이었어요. 제 몸 안에서 이렇게 빠르고 큰 소리는 처음이었어요. 심장이 온몸을 뒤흔드는 거 같았어요. 누군가 갑자기 나타났다면 어떤 행동도 취하지 못하고 그대로 바닥에 주저앉아버렸을 걸요.

저는 살며시 노크하는 동시에 문손잡이를 밑으로 내렸어요. 잠깐 사이에 온갖 상상을 다 했죠. 손잡이를 밑으로 다 내리고 당기면 집 안은 어떻게 돼 있을까, 두려웠어요. 두 번 정도 멈칫했어요. 그런데 누가 쓰러졌다면 1초라도 빨리 병원에 데려가야 살릴 수 있겠다는 마음에 힘껏 문을 잡아당겼어요. 문이 열리지 않아 몸무게를 실어 다시 잡아당겼어요.

또다시 몸무게를 실어 힘껏 문을 당겨도 문은 역시나 굳게 잠겨 있었어요. 오히려 다행이라는 생각에 휴우 하는 안도의 한숨이 다 나오기도 전에 304호가 떠올랐어요. 바로 몸을 돌려 304호의 문을 쾅쾅 두드렸어요. 추레한 모습으로 얼굴을 슬며시 내미는 304호에게 혹시 방금 전에 303호에서 나는 소리 못 들었냐고 물었어요. 제 호흡과 목소리가 거칠고 떨렸다는 걸 304호의 표정을 보고 알았어요. 304호는 특유의 겁먹고 긴장한 표정으로 못 들었다고 기어들어가듯 말했어요.

저는 어쩔 도리가 없었어요. 다시 집에 들어가니 등에 식은땀이 나 있었어요. 그리고 다시 303호에서 나는 소리에 집중했어요. 그 안에서 작은 소리라도 나면 아무 일이 없다고 할 수 있었으니까요. 그런데 시간이 지나도 어떤 소리가 나지 않았어요. 그때 불현듯 건물에 무슨 문제가 있으면 306호에게 연락하라던 집주인의 말이 생각났어요. 평소의 저라면 문자메시지를 보냈을 테지만 사안이 급박해 바로 전화를 걸었죠. 303호가 너무 시끄러워서 힘들다고 조금 언성을 높여서 말했어요. 자초지종을 설명하기는 복잡하고 어려웠거든요. 그랬더니 306호는 7층 청소 중이니까 바로 내려가서 따끔하게 주의를 주겠다고 말했어요.

그제야 시간을 제대로 봤는데 오후 1시였어요. 303호는 출근했을 시간이라 크게 한숨 쉬면서 안심했던 기억이 나요.

[303호 참고인 진술서]

- 녹음 일시 : ○월 ○○일 18:30
- 녹음 장소 : 진술 녹음실
- 질 문 자 : 형사과 강력계 수사관
- 대화 형태 : 일대일 대화

- **담당 수사관 소견**

사망자의 여자친구. 5년차 사회복지사로 사망자와 사이가 좋지 않은 점을 숨기지 않았음. 휴가로 부재중이었던 303호실이 사망자의 마지막 행적이라는 점에서 언제든 참고인에서 피의자로 변경될 가능성이 있음. 사망자와 직접 관련자라는 불안감과 수사 기관에 대한 불신이 동시에 나타났음. 전체 녹음은 파일 형태로 첨부.

- **진술 내용**

여기로 이사 온 건 5년쯤 됐나? 별다른 이유 없이, 그냥 어쩌다 보니 이 동네로 온 거죠. 회사 근처고, 가장 저렴했으니까. 그래서인지 모르지만, 서툰 초보 운전자의 지나친 신중함과 무모함이 동시에 존재하는 곳이었어요. 인생 초보자, 실패자들이 모인 동네라서 늘 사건과 사고가 끊이질 않았죠.

한마디로 끈적이는 동네예요. 장사 안 되는 식당 주방처럼 찌든 때가 여기저기 붙은 곳이죠. 바퀴벌레나 쥐도 많아요. 사람들이 뿜어내는 우울한 기운이 끈적이는 형태로 변한 것처럼 우울, 슬픔, 비루함, 분노, 모든 것이 뒤섞여 끈적거려요.

아, 직업은 사회복지사예요. 풍족한 집안도 아니었고 가장 안정적인 직업을 찾다가 성적에 맞춰 사회복지학과에 진학했어요. 성적이 더 좋았다면 초등학교 선생님이 됐을 거예요. 그보다 더 높았다면 의대에 들어가 소아과 의사가 됐을 거고요. 그만큼 아이들을 좋아해요. 뭐, 아이 안 좋아하는 사람은 없겠지만요. 안 그래요?

아주 유명한 대학은 아니지만 그렇다고 어디 가서 말하기 창피한 그런 대학도 아니에요. 누구나 아는 학교이긴 했으니까. 그래서 선택했어요. 그뿐이에요. 직업적 소명은 없어요. 요즘 누가 소명을 간직하면서 살아요. 동화책에나 나오는 거죠. 그냥 안정된 직장이니까.

그런 눈으로 안 보셔도 돼요. 협조는 해드리지만 제게 과도한 친절까지는 기대하지 마세요.

4년간 아르바이트 하면서 남들처럼 평범하게 학창 시절을 보냈고, 크게 어렵지 않게 사회복지사가 됐어요. 자격증을 취득하고 쉽게 장애인복지관에 취직할 수 있었죠.

직장과 가까운 곳으로 이사 온 것이 이 동네죠. 당연히 모아 놓은 돈도 없었고 집에 손 벌릴 형편도 아니었으니까. 뭐, 낡은 건물이긴 하지만 혼자 살기에는 그리 나쁜 공간이 아니었거든요.

1층부터 3층은 여자들만 살 수 있게 해준 게 특히 좋던데요? 출입구에도 각 층에도 CCTV가 있어서 고민하지 않고 계약했어요. 취업을 하자 낮은 이자로 대출받을 수 있던 것도 이유에요. 뭐, 선택의 여지가 없더라고요.

처음엔 아동복지에 관심이 많았죠. 아이들의 해맑은 웃음과 함께하는 사회복지사가 되고 싶었으니까. 여러 아이들과 뛰어놀면서 까르르 웃는 소리에 빠져 살고 싶었어요. 적어도 혼자 사는 노인들을 돌보거나 양로원에서 가래 끓는 기침 소리와 똥오줌을 받아내는 곳에서 사회복지사가 되는 걸 바라지 않았어요. 그건 진짜 사명감이 필요하니까.

장애인복지관에서 일하기 싫어했던 것도 같은 이유였어요. 아이들을 돌보는 곳에 취업하고 싶었지만 경제적인 사정이 여의치 않아 가장 빨리 취업할 수 있는 곳에 지원하고 합격한 곳이 지금 일하는 직장이에요.

어쩌다 보니 지금 직장에서 일하게 된 지 5년이나 지났네요.

뭐, 조금 힘들긴 했지만 가장 어려운 일들은 요양사나 봉사자들이 하고 저는 사무 일을 주로 했어요.

네, 대학 졸업 후 제 첫 직장이었어요. 처음엔 정말 답답하고 힘들었지만 나중에는 관내의 장애인들 가정을 방문하는 일 때문에 외근을 하는 경우도 많아졌어요. 사무실에만 있는 것보다는 오히려 외근을 하는 게 좋았어요. 중간에 잠깐 은행 업무를 보거나 시간을 낼 수 있는 여유도 생겼으니까. 회사 업무를 이해하면서부터는 이곳에서 평생 일하고 싶어졌어요. 점점 이 일에 애정이 갔거든요. 뭐, 크게 어렵지는 않던데요. 힘든 건 다른 사람들이 다 하니까. 그래도 전화로 이러쿵저러쿵하는 사람들의 민원은 정말 짜증났어요. 정성껏 요리를 내왔더니 음식이 짜다 달다 불평불만만 잔뜩 늘어놓는 까다로운 손님을 대하는 셰프의 마음이랄까. 웃긴 건 우리가 내놓은 그 음식들은 다 무료 잖아요?

—

성적에 맞게 대학에 간 것처럼 제 수준에 맞게 남자친구를 골랐어요. 제 얼굴과 몸매를 객관화해서 이 정도 되는 남자를 만나면 되겠다, 생각했어요. 상품성 있을 때 제 값어치를 아는 게 오히려 현명한 거죠, 안 그래요? 한창 예쁠 나이에 안정된 직업이 있으니 주변에 남자들이 꼬이기 시작했죠.

친구들이 남자친구를 여러 명 소개해줬어요. 전 가볍게 만나 보고 그중에서 고르면 됐었죠. 지금 생각하면 좋은 마음은 아니었던 거 같아요. 뭐, 그건 인정해요. 그래도 제 상황을 객관적으로 바라볼 줄은 알아요. 그때의 전 지금보다 어리고 예뻤고 안정적인 직업도 있는 데다가 자신감이 넘쳤거든요.

남자를 고르는 기준은 정말 간단했어요. 경제력을 보기로 한 거죠. 제 상황을 역전시켜줄 남자가 필요했죠. 남자가 여자 얼굴 보는 것과, 여자가 남자의 경제력을 보는 건 인류 보편적인 본능이잖아요. 과거 선사시대 때부터요. 우리는 다 그렇게 진화했어요. 어차피 순애보는 없잖아요. 안 그래요? 부양 능력이 없는 수컷은 도태되는 게 당연한 거예요. 자연스러운 현상이니까 속물 보듯이 쳐다보지 않으셨으면 좋겠네요.

전 친구들이 소개해준 남자들 중에 선택하지 않고 범위를 넓혀서 주변에서 가장 좋은 차를 타는 남자를 선택했어요. 사실 자동차에 대해서 잘 모르지만 브랜드는 어렴풋이 알았거든요.

빨간색 BMW를 타는 남자였죠. 물론 그 남자가 타는 차가 가장 콤팩트한 3시리즈 모델이라는 건 나중에 알았어요. 그게 중고차라는 것도요. 그래도 작은 세단이 힘 있게 잘 달렸어요. 제 차도 아닌데 차에서 내릴 땐 우쭐한 기분도 들었죠. 엔진 소리가 특히 맘에 들었어요. S자 코스의 산악 드라이브에서 코너링

54

이 정말 좋았는데 아쉬워요. 오히려 남자보다 제가 더 좋아했었
거든요.

좀 더 솔직히 말하면, 경제력만을 보고 선택한 건 아니에요.
제가 그렇게까지 속물은 아니에요. 처음 만난 날, 남자의 손에
여러 개의 광고 전단지가 있었어요. 그 모습을 보자마자 알았죠.
전단지도 다 받아주는 사람이구나. 저와 만날 때 휴대폰을 뒤집
어 놓지도 않았어요. 숨길 게 없는 사람이었죠. 그리고 유제품
알레르기가 있는 저를 위해 늘 신경 써줬어요. 데이트하면서 남
자는 자신이 좋아하는 카페라테를 단 한 번도 시키지 않았을
정도니까요. 제가 없을 때만 라테 종류를 마셨다고 했어요. 그런
배려심 때문에 만나기 시작했어요. 적당히 집착이 있는 것도 좋
았어요. 집착과 스토킹의 선을 잘 지켰죠. 사랑하고 아끼는 느낌
을 받게 해줬어요.

저를 잘 따라다니는 대형견 같은 느낌이었어요. 골든 리트리
버 같은 개 있잖아요. 뭐, 경비견으로서의 역할보다는 그저 든든
한 느낌만 취했다고 보면 되겠네요. 지금 제 마음을 솔직하게 다
말하는 거니까 그런 식으로 쳐다보지 않으셨으면 좋겠는데요.

—

남자는 직원 두 명인 카페를 운영하고 있었어요. 낮에는 커피

를 팔고, 저녁에는 와인과 술을 팔았어요. 낮과 밤이 모두 어울리는 매장이었죠.

30대 초반의 나이에 그런 사업체를 운영하고 관리하는 게 제 눈에는 멋져 보였어요. 이 정도면 나이 들어서 경제적으로 힘든 일은 겪진 않겠구나, 생각하면서 남자에게 점점 빠져들었던 거 같아요. 외모가 빼어나진 않았지만 어디 가서 부끄러울 정도는 아니었고 몸도 제법 탄탄했어요. 특히 늘 정장과 구두를 신는 게 좋았어요. 약간의 제복 판타지가 있거든요. 단정한 모습이 좋았어요. 젠틀하기도 했고요.

그런데 진입장벽이 높지 않은 업종이서일까요. 근처에 비슷한 업종의 큰 매장이 들어서자 직원을 한 명으로 줄이는가 싶더니 이내 매장을 내놓을 지경에 이르렀어요.

사실, 돈만 있으면 더 좋은 입지에 더 큰 매장을 만들어서 직원을 고용하면 그만인 업종이잖아요. 특별한 기술이나 노하우가 필요한 것도 아니고요. 사업이 어려워지자 마음에 금이 간 건 남자가 먼저였어요. 안정된 경제 상황이 변하니 남자도 변했어요. 정말 한순간이더라고요.

점점 빠듯한 제 월급을 탐내기 시작했어요. 처음에는 우는 아이 달래듯 차분한 목소리로 대출을 권유하고 투자를 종용했어요. 그 대출만 있으면 다시 일어설 수 있다는 식이었죠. 말은 자신 있다고 했지만 표정은 죽을상이었죠. 정말 꼴 보기 싫은 표정이었어요. 시간이 지나면서 본색을 드러냈어요. 죽을 것 같다는 남자 앞에서 전 진짜로 죽었으면 좋겠다고 생각했어요. 제 앞에서 그렇게 나약한 말을 하다니요. 그 말은 협박이잖아요. 그렇죠? 죽어도 상관없지만 단, 제 앞에서는 말고, 저도 모르게 혼자 조용히 죽는다는 전제하에서요. 아무도 모르게.

제가 몇 차례 에둘러 거절하자, 남자는 급기야 사금융에 손을 대기 시작했고 3개월도 되지 않아 그나마 가지고 있던 중고 BMW와 살던 집을 정리하고 허름한 곳으로 옮겨갔어요. 남자 집엔 가보고 싶지도 않았고 남자도 집에 초대하지 않았어요. 뭐, 당연히 누추한 집이었겠죠. 남자도 무너진 자신의 보금자리가 창피했던 거 같아요. 저 같아도 당연히 그랬을 거예요.

망하는 건 정말이지 순식간이었어요. 전 이때, 헤어질 구실을 찾아야만 했어요. 깊숙한 내면에서는 당장 헤어져야 한다는 것을 알고 있었지만, 당장은 어려웠죠. 무섭기도 하고요. 그렇지만 망해버린 남자를 구제할 위험을 감수하고 싶진 않았어요. 결혼한 것도, 아이가 있는 것도 아니잖아요. 그렇죠?

매너리즘에 빠져 어떤 데이트도 즐겁지 않았고 잠자리도 흥미를 잃었어요. 탄탄하던 몸은 물러졌고 빳빳하던 물건도 점점 물렁해졌어요. 남자는 자괴감에 빠진 거 같았지만 절대 속내를 드러내진 않았어요. 충분히 힘들어하고 있다는 걸 알았거든요.

남자가 제 집에 드나들기 시작한 게 그쯤이에요. 시간이 지나자 대출을 받아달라고 애원하다시피 말했어요. 유일한 구세주가 저라는 듯이 자세를 낮춰 무릎을 꿇으며 눈높이를 맞춰줬어요. 방언기도를 하듯 무슨 말인지도 모르게 애원하다가 눈물을 보이기까지 했을 땐 제 마음도 약해질 뻔했다니까요.

아마 다섯 번쯤 왔었나? 제가 계속 망설이자 남자는 조금 거칠어졌어요. 그렇다고 물리적인 폭력을 가하진 않았지만 눈매가 매섭게 변하거나 표정이 난폭해졌어요. 자기감정을 주체하지 못하는 듯 고개를 하늘로 향하거나 몇 번이고 거친 한숨을 내쉬었어요. 풍선처럼 몸집이 크게 부풀었다가 내뿜는 숨과 함께 쪼그라드는 한숨이었죠.

아아아 — 어어— 하아아—

자기감정을 주체하지 못해서 나오는 몸의 여러 반응을 제 앞에서 다양하게 내보였어요. 과장된 표정과 행동이 연극을 보는 것 같았다니까요. 제 표정이나 말 한마디에 따라 몸 전체가 위아래로 크게 움직였어요. 목소리도 제법 커졌어요. 대형견인 리트리버에서 아무나 보고 짖어대는 예민한 소형견이 돼버렸어요. 사실 전 그게 무섭지는 않았어요. 남자가 폭력을 쓰면 기꺼이 맞아줄 생각도 있었어요. 제가 맞았더라도 남자가 때렸다는 소문을 내지 않았을 거예요. 남자에게 맞는 여자가 된다는 건 창피하니까요. 그저 남자가 저를 때리면 헤어질 명분이 확실해진다는 이유, 그 때문이었어요.

그런데 아슬아슬하게 저를 때리지는 않았어요. 손을 들어올리기는 했지만 결국 때리지는 못했죠. 손을 들어 올려 자신을 때리면 모를까. 그래도 뭐, 최소한 처음의 젠틀함이 거짓은 아니었던 거 같아요.

저는 줄기차게 남자의 대출 요구를 거절했어요. 미안해하는 척하면서요. 남자는 제 연기를 믿었을 거예요. 제가 저를 속일 정도였거든요. 그렇게 하지 않으면 언젠가 미쳐서 해코지할 수도 있겠다는 두려움이 일기도 했어요. 정말 벼랑 끝에 몰리면 사람은 짐승이 되기도 하니까요. 최대한 남자를 달래야만 했어요. 그것 말고는 당장 방법이 없었어요. 살살 달래서 헤어지는 게 저를 위해서도 남자를 위해서도 최선의 방법이었어요.

—

남자는 잠잠해지나 싶더니 또 할 말이 있다며, 제 집에 있다고 했어요. 퇴근 후 바로 집으로 달려갔죠. 전 당연히 대출은 어렵다, 미안하다는 표정을 한껏 지을 준비가 돼 있었는데, 평소와 달리 대출 이야기를 하지 않았어요.

남자가 웃었어요. 정말 의아했어요. 진짜 웃더라니까요. 웃음이 삐져나오는 걸 참으려고 하는데도 계속 웃음을 멈추지 않자, 저는 남자가 복권 당첨을 숨기는 줄 알았어요. 그때 얼마 안 되는 돈으로 열심히 복권을 샀다는 걸 알았거든요.

혹시 복권에 당첨됐냐고 묻자 그건 아니라기에 힘들어서 미친 게 아닌가, 진지하게 생각할 정도였어요. 복권 당첨이 아니면 나올 수 없는 웃음이었죠.

제가 겉옷을 벗어 옷걸이에 걸려고 하는데 손을 거칠게 잡아당겨 소파에 앉혔어요. 그리고 아무도 없는 집에서 좌우를 살피더니 다시 무릎을 꿇고 앉아 시선을 저에게 맞췄어요. 몇 차례 숨을 고르고 목소리를 낮춰 말을 이어갔어요.

어차피 제가 집 얻을 때 대출을 받아서 추가 대출이 많이 되지 않을 거 같으니 다른 방법을 써보자고 했어요. 전 남자의 어떤 말에도 응해줄 생각이 없었지만 일단 가만히 듣고만 있었어요. 헤어질 만한 구실을 아직 찾지 못했고, 이때부터는 남자의 표정이 갑자기 변하면 어떤 사고를 칠지 무서워지기 시작했거든요.

시종일관 시큰둥한 표정으로 미안하다는 표정을 짓고 있었어요. 굶어 죽어가는 아이 앞에서 아무것도 해줄 것 없어 난처한 표정으로 발을 동동 구르는. 제가 봐도 명연기였어요. 남자를 굶어 죽어가는 아이로 생각하니 감정이입은 의외로 쉬웠어요. 뭐, 실제로 죽어가고 있는 상황이니 틀린 말은 아니잖아요?

남자는 가쁜 숨을 가라앉히더니, 우리 대출 말고 더 큰돈을 공짜로 만들어보자, 하고 말했어요. 남자는 제게 정보를 요구했어요. 혼자 사는 장애인들에게 다가가 보험 가입을 권유하자는 것이었어요. 평소 잘해주는 자식이나, 형제자매 같은 사회복지사를 위해 보험을 들어줬다고 하면 만약 수사를 받더라도 강력한 알리바이와 방어 논리가 된다는 것이었죠.

수사? 일단 보험에 가입시킨 후 다른 추가 행동을 할 거라는 말을 이어서 하려고 할 때 제 연기는 끝났어요. 화를 주체하지 못해 있는 힘껏 소리를 질렀어요. 제 얼굴에 피가 확 몰려 붉게 변했다는 것을 거울을 안 보고도 알 수 있을 정도로요. 화가 난 건 진심이었어요. 남자의 뺨을 있는 힘껏 올려 칠 뻔했죠. 저는 지금까지 단 한 번도, 작은 벌금도 내본 적이 없어요. 과거에도 지금도 앞으로도 저는 깨끗하게 살다가 후회 없이 죽을 거예요. 제 인생에 감옥은 없거든요.

남자는 제정신이 아니었어요. 이미 미쳐버린 남자를 보낼 수 있는 방법을 떠올려봐도 도무지 좋은 수가 나질 않았어요. 집착과 스토킹의 경계를 잘 지키던 남자는 어느새 스토커가 돼 있었죠. 급기야 자신의 아이디어가 좋지 않냐며, 다시 제대로 고민해보라면서 제 직장 앞까지 찾아오기까지 했어요. 미친 거 아니에요? 이 남자를 서둘러 정리해야겠다고 생각했어요. 완전히 새로운 돌파구가 필요하다고 생각한 것도 그때쯤이었죠. 직장 앞까지 찾아올 정도면 제정신이 아닌 상태잖아요.

남자는 빠른 속도로 돈도 몸도 마음도 완전히 탕진해버렸어요. 젠틀하던 사람이 안절부절못하는 바보가 됐어요. 제가 관리하던 아이들과 다를 바 없었죠. 생각하는 것도 어찌나 유아적인지, 보험사기를 계획하다니요. 남자는 제가 불같이 화내자 움츠러든 얼굴을 하고 발걸음을 돌렸어요. 이제 보험 얘기는 꺼내지도 못할 만큼의 분노를 보였고 남자는 그 분노를 고스란히 받아들였어요. 후우! 잠시만요, 생각하면 또 열이 나요.

그런데 다음 날 기어이 생명보험 계약서를 들고 왔어요. 선을 완전히 넘어버렸죠. 이때다 싶어서 헤어지자는 말을 입술에 머금다가 막 뱉어내려던 참이었어요.

남자는 저더러 보험 수익자가 되어달라고 했어요. 그래야 만약의 경우에도 채권자들로부터 압류당하지 않는다고 말이에요. 생명보험이 왜 필요하냐고 묻자, 보험 시효 때문이라며, 2년 이내에 자살할 경우에는 법적으로 보험금을 수령할 수 없다고 했어요.

제가 무슨 뜻인지 이해하지 못해 갸우뚱한 표정을 짓자 남자는 "자살할 거 같아서"라고 말했어요. 자살로 인한 면책 기간이 2년이라고 얘기했어요. 그러면서 2년 안에는 절대 안 죽고 다시 재기한다는 다짐쯤으로 이해하라고 말했어요. 2년 안에 일어나겠지만, 그게 실패하면 죽어서라도 저에게 책임을 다하고 싶다고 했어요.

제정신이 아닌 것 같았지만 다시 열심히 하면 일어설 수 있는 사람이라고 믿어서 2년이라는 시간이라도 벌자는 마음으로 수락했어요. 2년은 남자가 다시 일어날 수 있기에 충분한 시간이라고 생각했거든요. 그런데 보험 가입 후 6개월 만에 죽어버릴지 제가 어떻게 알겠어요.

단순히 제가 보험 수익자라서 의심하는 건 아니죠? 그렇다면 정말 곤란해요. 저는 지금 솔직하게 말씀드리는 거예요.

—

남자를 어떻게 정리해야 할지 고민하던 중에 새로운 사람을 알게 됐어요. 이 남자는 달랐어요. 복지관에 정기적으로 봉사 활동을 하러 오는 남자였죠. 남들은 꺼리는 빨래 봉사도 척척 해내고 청소도 적극적이었어요. 피부에 하얀 각질이 붙어 있는 사람을 목욕시키고 배변 처리도 깔끔하지 않은데 빨래 봉사를 하는 것은 결코 쉽지 않아요.

저는 봉사자들을 안내하고 일정을 조율하는 일을 도맡았어요. 남자는 그중 한 명이었어요. 처음엔 그룹으로 왔다가 조금씩 줄기 시작하더니 이 남자만 오기 시작했어요. 한 명의 봉사자가 아쉬운 상황에 저는 일대일로 남자를 안내하고 가끔 간식을 챙겨주기도 했어요. 꾸준히 오는 남자 봉사자분들은 많지 않은 데다 나이도 비슷해서 눈길이 갔거든요. 궁금한 게 많았지만 적당한 거리를 두고 있었어요. 여기는 죄를 짓고 참회하는 마음으로 봉사 활동하는 분들도 계셔서 더 깊이 물어볼 수는 없었어요.

—

304호 여자를 알게 된 건 복지관에서 일한 지 3년 정도 됐을 때였어요. 저는 304호의 존재를 알았지만 304호는 두문불출하며 살아서 저를 잘 몰랐을 거예요. 지적장애가 있었는데 겉으로 보기엔 아무 문제없고 의사소통이 약간 원활하지 않은 정도에요. 뭐, 겉으로만 보면 잘 몰라요.

단순 작업을 하는 직업을 가질 수 있고 사회생활도 어느 정도 해나갈 수 있는 정도지만, 304호는 주로 집 안에만 있었어요. 장애인 단체가 인형 눈알을 붙이거나 단순 포장 업무 일거리를 받아서 함께 일하는 경우가 흔한데도 집에만 있었어요. 저는 뭐, 집 근처에서 마주친 적 없어서 굳이 앞집에 산다는 말도 하지 않았어요. 그러고 싶지도 않았고.

담당 사회복지사로서 집을 방문했을 때 여러 수족관과 꽃들이 눈에 띄었어요. 심혈을 기울여 관리하는 흔적이 여기저기 보였어요. 집 내부는 굉장히 잘 정리정돈 되어 있었어요. 몸가짐도 단정하고 깨끗했어요. 대개 다른 친구들은 양치, 손 씻기, 목욕 같은 개인위생 교육에 신경 쓰는데 304호는 단정했어요. 지적장애도 경증이면 비장애인과의 경계도 모호해요.

당연히 정부의 생활보조금으로 살아가는 줄 알았어요. 이 동네가 대개 생활보조금만으로 빠듯하게 생활하는 관리 대상자들이 많아요. 생활이 빠듯해도 수족관의 물고기와 화분에 아낌없이 애정을 쏟아붓는 모습에서 부러움을 느끼기도 했어요.

이 좁은 공간이 304호의 잘 꾸며진 세계라는 생각이 들었어요. 거기에 바다가 있고 산이 있었죠. 대개 지적장애를 가진 사람들은 청소를 잘 하지 않는데 원룸도 늘 깨끗하게 유지하고 있었고, 제가 방문하는 날에는 방향제까지 뿌려놓을 정도예요. 기특하다고나 할까.

아이 같은 순수함을 마주할 때면 저도 좋았어요. 잘 꾸며진 수족관을 보며 나도 예전엔 이렇게 애정을 가질 대상이 있었는데, 하는 생각을 하면서요. 304호는 분기별로 한 번 정도 방문해서 어려운 점은 없는지 살폈어요. 뭐, 어디까지나 사회복지사로서 말이죠.

—

이후 304호를 우연히 집 근처에서 마주쳤어요. 이미 여러 번 방문해서인지 저를 한번에 알아봤어요. 경계하고 쭈뼛대던 처음과 달리 신뢰가 쌓이자, 언니 언니 하는 게 순수해 보였어요.

손에는 작은 화분이 들려 있었어요. 길게 뻗은 꽃나무 옆으로 얼굴을 돌려 인사하는데 해맑은 얼굴이 퇴근길의 피곤함을 없애주는 거 같았죠. 처음에 아동복지에 관심 많았다는 말 기억하세요? 304호의 표정이 아이 같았어요. 눈은 맑고 입술은 맑간 침을 묻혀 반짝 빛나고, 표정은 부끄러움과 호기심이 동시에 묻어나는 그 순수함이요. 얼굴은 살이 올라 있고 볼은 발그레한 게 귀여워 보이기까지 하더라니까요.

그래도 제 집을 가르쳐주기 싫어서 다른 건물 쪽으로 가려는데 304호는 계속 따라왔어요. 그런 아이들의 특징을 알거든요. 한 번 마음을 주기 시작하면 사생활 같은 건 없다는 걸. 그래서 차갑게 대하려고 했어요. 더 가까이 오지 말라는 신호였죠.

집을 알려주기 싫어 일부러 주변을 배회해도 304호가 계속 따라왔어요. 계속 졸졸 따라올 거 같아서 저는 결국 포기하고 집으로 들어가기로 했죠. 304호는 자기 집에 놀러가는 줄 알았나 봐요. 근데 제가 303호의 문을 열려고 하자 그제야 제가 앞집에 산다는 걸 알고 온몸으로 기뻐했어요. "언니 자주 놀러오세요"라는 말과 함께 제자리에서 방방 뛰더라니까요. 뒤에서 304호의 시선이 느껴졌어요. 좋아서 어쩔 줄 몰라 하는 표정까지 보이는 거 같았어요. 아무리 친해도 제 사생활을 건드릴 거 같은 찝찝함에 앞으로는 조금 차갑게 대해야겠다고 생각하면서 집으로 들어갔어요. 사생활은 사생활이니까요.

그렇지만 제 마음이 그리 차가운 사람은 아닌가 봐요. 집에서

요리를 하지는 않지만 오븐이 있어 유일하게 컵케이크 만드는 취미가 있어요. 스트레스가 확 풀려요. 유제품 알레르기가 있어서 달걀, 버터, 우유를 못 먹지만 다른 사람들이 먹는 표정을 보면 저도 행복해지거든요. 먹지 않고 냄새만 맡아도 즐거워져요. 스트레스 해소용으로 여러 개를 만든 날이었어요.

304호가 떠올라서 조용히 문을 두드렸어요. 컵케이크 두 개를 내밀면서 먹으라고 하니 어린아이가 갖고 싶던 인형을 받을 때처럼 팔짝팔짝 뛰는 게 아니겠어요? 그 웃는 얼굴이 아직도 생생히 기억나요. 웃으며 큰 볼이 양쪽으로 올라가 눈이 작아진 그 표정이 말이에요. 알록달록한 색깔을 보며 너무 예쁘다, 언니, 고마워, 하고 손을 잡아끄는데 힘이 어찌나 좋은지 단번에 딸려 들어갔어요.

키는 비슷하지만 몸무게는 저의 두 배쯤 되거든요. 사회복지사가 아니라 옆집 언니로 들어가게 된 집은 조금 생소했어요. 서둘러 집을 치우는가 싶더니 수족관과 화분에 대한 설명을 어눌하게 이어갔어요. 긴 문장 형태로 대화하기는 어렵지만 자기 딴에는 최대한 열심히 설명하는 모습이 제법 귀여웠어요. 저는 관심이 안 가서 언어적 표현은 흘려듣고 제스처만 빤히 쳐다봤어요. 뭐, 생선도 풀도 안 좋아하니까.

종종 컵케이크를 많이 만들거나 과일을 못 먹을 때는 304호의 문을 두드렸어요. 304호의 해맑은 반응이 보고 싶을 때도 있고, 음식물 쓰레기로 버리기도 아깝잖아요. 어차피 못 먹는 것도 아니고 버리면 처치 곤란한 쓰레기밖에 안 되는데 이왕이면 주는 게 낫죠. 안 그래요? 언니 언니하면서 잘 따르는 것도 뭐, 나쁘지 않았어요. 말 잘 듣고 착한 여동생을 늘 갖고 싶었거든요.

—

같은 3층이어도 다른 집들은 잘 몰라요. 바로 옆집인 302호는 얼굴 한 번을 본 적 없어요. 딱히 소리도 나지 않고 집에 있는지 없는지도 몰라서 처음엔 집이 비어 있는 줄 알았어요. 그래서 저도 소음을 의식하지 않고 편하게 생활했는데 어쩌면 저 때문에 조금 시달렸을지도 모르겠네요. 그런데 언젠가 문에 조용히 해달라고 쪽지를 붙여놨더라고요.

시간이 좀 지나서 306호 아줌마가 302호 여자 얘기하는 걸 들어서 사람이 사는구나, 했던 거죠. 자기가 302호 얼굴을 봤는데 단순히 말랐다는 이유로 별 소리를 다 하더라고요. '솔직히', '까놓고 말해서'로 시작하는 306호의 원색적인 말은 가볍게 무시했어요. 가장 한심한 인생을 사는 사람이 내뱉는 비난들이 우스웠거든요. 삶의 이유를 감정 쓰레기통을 뒤지며 사는 사람인데 불쌍하잖아요. 원래 306호는 다른 사람 얘기를 많이 해요. 남들 흉보는 게 유일한 낙인 것처럼 모든 사람에 대한 험담을 쏟아내요. 볼 때마다 항상 화나 있는 표정이라 굳이 생각하고 싶지도 않아요. 시끄럽고 말 많고, 어떤 관계로든 엮이기 싫은 타입이에요.

301호 여자는 무당이잖아요. 처음 얘기 나눴던 순간이 기억나요. 같은 엘리베이터를 타고 3층에서 내린 직후였죠. 일방적으로 말을 걸어왔어요. 대개 사람 눈을 쳐다봐야 하는데 제 어깨 너머와 머리 주변을 쳐다봤어요. 제 주변을 빤히 살폈죠.

저도 지기 싫어서 301호의 눈을 응시하고 있는데 제 주변만 쳐다보더라고요. 너무 쳐다보니까 왜 그런 눈으로 기분 나쁘게 쳐다보냐는 말이 목구멍까지 올라오던 찰나에 저에게 귀신이 붙어 있다는 말 같지도 않은 말을 하는 게 아니겠어요? 그것도 초면에 말이죠. 욕이 튀어나올 뻔했어요.

근데 그 표정이 꽤나 진지하고 저를 걱정하는 눈빛이었어요. 순간 너무 기분 나쁘고 소름 끼쳐서 표정 관리도 안 되는 상황에서 애써 침착하게 "무슨 귀신이요?"라고 되물었어요.

301호는 저를 잡아먹을 귀신이라고 조심하라고 하더군요. 초면에 그런 말을 듣자니 속이 뒤틀리지만 마음 한구석에서는 또 그 말을 믿게 되는 거 있죠? 제게 붙은 귀신이 오래전부터 따라다니는 귀신이라 어르고 달래서 보내야 한다며, 혹시 예전에 누군가에게 상처를 준 일이 있는지 묻는데 저는 말도 못하고 그저 고개만 저었어요. 그러자 누가 자살한 적 있냐고 직접적으로 물었어요.

말을 듣자 하니 기가 차고 헛구역질이 나올 지경이어서 "그런 일 없어요"라고 거칠게 말하고는 등을 돌렸어요. 근데 제 뒤통수에 대고 더 궁금한 게 있으면 자기 신당으로 오라며 집 근처의 편의점 골목에 있다고 신당 이름을 말해주더라고요.

순간 목덜미가 서늘해졌어요. 누가 목을 핥고 지나간 것인지 시원한 민트를 목에 바른 것인지 몸이 미세하게 떨렸어요. 그걸 301호에게 들키기 싫어 겨우 문을 열고 들어왔죠.

문을 열고 집에 들어서는데 머리가 깨질 듯 아파왔어요. 짧은 순간에 너무 스트레스를 받아서인지 숨 쉴 때마다 고통이 머리에 전해지는 듯했어요. 예전에 할머니가 해준 말이 생각났어요. 한밤중에 산에서 호랑이를 만나서 운 좋게 살아남는다고 해도 그 살기 때문에 시름시름 앓다가 미쳐버리는 경우가 있다는 말이요. 그런데 '이것도 혹시 귀신 때문인가?'라는 생각을 하는 제 자신이 화나고 우스웠어요. 고작 무당의 말 한마디에 이렇게까지 흔들릴 만큼 내가 바보인가. 저 여자는 호랑이도 아니잖아요.

근데 순간 머리에 스쳐간 생각이 있었어요. 학창 시절 저를 따라다니던 남학생이요. 스토커처럼 연락하고 따라다니던 남학생을 떼어내기 위해 공개 망신을 줄 작정으로 학교와 가족에게 알리고 경찰에게도 피해 사실을 신고했어요. 스토킹을 했다는 소

70

문이 일파만파 퍼지자, 경찰에서 조치를 취하기 전에 옥상에서 뛰어내린 남자애가 생각났죠. 가해자가 어느새 피해자가 되어 동정을 받는 상황이 됐는데, 문득 옛 생각에 소름끼치고 오싹한 마음에 아무것도 하지 못할 정도였어요.

아무리 생각해도 이성적으로 이해할 수 없잖아요. 저는 종교를 안 믿어요. 사람들이 만들어낸 전통 정신문화쯤으로 여기죠. 일반적인 종교도 아니고 무당의 말은 더 신뢰할 수 없었어요.

그런데 순간 흔들릴 뻔했던 제가 참 바보같이 느껴졌어요. 저런 무당의 말쯤은 나도 할 수 있겠다는 생각이 있었죠. 코에 걸면 코걸이, 귀에 걸면 귀걸이잖아요. 개인차가 있을 수밖에 없는 상황을 모호하게 표현하는 거잖아요. '당신은 A이지만 B일수도 있다'는 식의 오류가 생기는 거요. 사기에 말려들지 않고 합리적으로 생각했어야 했어요.

—외면적으로 당신은 잘 절제하며 스스로를 통제하고 있습니다만, 내면에는 걱정스럽고 자신이 없는 면도 있습니다.

—종종 당신은 외향적이며 상냥하고 붙임성도 좋지만, 가끔은 내향적이고 다른 사람을 경계하며 속마음을 드러내지 않을 때도 있습니다.

이런 내용에 해당하지 않는 사람은 없잖아요. 조악한 낚싯바늘에 낚인 멍청한 물고기가 된 느낌이었어요. 누구나 해당하는 일반론으로 현혹하는 건 사기꾼이나 하는 짓이죠. 말의 내용이 아니라 수사법이나 풍겨오는 분위기, 순간적으로 하는 말 바꾸기 등으로 상대방을 속이는 것. 임기응변에 능한 사기꾼이라고 규정했어요. 정신과 치료가 필요한 사기꾼이요.

옷은 왜 그렇게 어두운 색깔만 입는 건지, 또 왜 그렇게 야하게 입는 건지. 남자에게 보여주려고 저러나. 같은 여자가 봐도 민망할 정도로 노출이 심해요. 엉덩이 아랫부분이 다 보이는 옷을 입고 다니는 무당이라니, 저런 것에 많이들 속아 넘어가겠죠? 상의도 엄청 파여서 가슴골이 다 보이는데 순진하고 마음 약한 남자들은 많이 속겠죠?

전 안 속았어요.

어휴, 305호는 목에 타투한 여자 맞죠? 305호도 정말 이상해요. 무슨 타투를 그렇게까지 흉하게 하나. 아, 맞다. 예전에 306호 아주머니가 3층 복도 청소할 때 305호에서 옷에 피 묻은 남자가 도망치듯 뛰어 나왔다고 305호가 무섭다는 얘기를 3층에 쩌렁쩌렁 울리게 얘기했었어요. 그 후로 저도 305호는 조금 무서웠어요. 가끔 마주쳐도 휴대폰을 쳐다보며 모른 척 지나쳤죠. 뭐, 조심해서 나쁠 건 없잖아요.

근데 요 앞에 있는 전철역 근처에서 액세서리 파는 여자 맞죠? 그거 불법 아니에요? 얼굴에 이상한 거 있고 저번에 보니까 목에 코브라랑 사람 눈 모양 타투가 있던데 눈이 세 개 달린 줄 알았다니까요, 징그럽게. 밤에 목덜미에 붙은 눈알 보고 기겁할 뻔했던 걸 겨우 참았어요. 제가 볼 때는 타투나 피어싱이 어울리지도 않거든요. 머리 색깔도 한쪽은 보라색이고 한쪽은 노란색인데 생각하면 또 구역질할 거 같네요.

음, 제가 누구를 혐오하고 그런 타입은 아닌데 305호의 타투나 머리는 조금 지나친 면이 있죠, 솔직히.

그러고 보면 이 건물에 정상적인 사람이 있나 싶어요. 다들 나사 하나씩 빠진 사람처럼 뭔가 이상해요. 같은 층에 살아도 304호 말고는 잘 모르네요. 이 동네가 원래 그래요. 친해지고 싶은 사람이 없어요. 그러니까 다들 이사 가고 싶어 하지.

[304호 참고인 진술서]

- **녹음 일시** : ○월 ○○일 12:30
- **녹음 장소** : 진술 녹음실
- **질 문 자** : 형사과 강력계 수사관
- **대화 형태** : 일대일 대화

- **담당 수사관 소견**

304호에 사는 여성은 지적장애 3급으로 원활한 의사소통이 불가능함. 질문에 대한 이해는 있으나 답변은 한정적임. 303호에 들어간 남자가 쓰러진 시간에 3층에 있었지만 자신의 원룸에서 나오지 않아서 정확한 사건 파악에는 도움되지 않았음. 보호자와 연락이 닿지 않아 관내 장애인복지관 관장의 허락을 얻어 심리 상태에 큰 해가 되지 않는 선에서 참고인 조사를 진행하였음. 전체 녹음은 파일 형태로 첨부.

■ 진술 내용

앞집 언니는 좋은 사람입니다.

음식도 가져다 주고 나한테 잘해줍니다.

내가 케이크 좋아하는데 자주 줍니다.

살 빼라는 말도 안 합니다.

착하게 지내라고 했습니다.

나는 언니를 사랑합니다.

언니와 병원놀이를 할 때가 제일 재밌습니다.

언니는 환자고 나는 간호사입니다.

다른 집 사람들은 모릅니다.

근데 옆집 언니는 무섭습니다.

얼굴에 그림 있어요.

몸에 뱀도 있고 큰 눈도 있어요.

괴물입니다.

[301호 참고인 진술 녹취]

　본격적으로 말하기에 앞서 묻고 싶습니다. 혹시 귀신의 존재를 믿으십니까? 그럼, 여기에도 귀신이 있을 것 같습니까?

　네, 그렇다면 얘기가 조금은 통하겠군요. 귀신은 죽은 자의 영혼이 응축된 기체와 같습니다. 우주의 만물에는 각각 존재에 상응하는 기운이 깃들어 있습니다. 그 기운을 거스르면 반드시 화가 미치지만 그것을 인정하고 섬기면 만사형통하는 것이지요.

　가끔 밤에 길을 지나다 갑자기 습하고 차가운 공기를 마주할 때 말인가요? 보통 사람에게 귀신은 만져지거나 보이지 않으니 그건 안심하셔도 됩니다. 저 같은 사람에게만 보입니다.

　귀신을 매일 의식하며 사는 것은 피곤하고 귀찮은 일이지요.

제 의지와 다르게 보이기도 하니까 저만의 공간 따위는 없습니다. 제 침실에도 나타나는데 오죽할까요. 그렇지만 어쩌겠습니까. 이게 제 일이고 운명인 것을요. 왜 제가 먼저 물었냐면 이 동네의 귀신들은 다른 곳과는 조금 특이하기 때문입니다. 무기력한 귀신이라고 하면 이해할 수 있으실지 모르겠습니다. 악한 귀신이 도무지 잘 안 보입니다.

과거 제국주의에는 다른 나라를 침범하는 방식이었지만 지금은 계급을 만들어 나라 안에서 내부 착취하는 식민 구조가 공고해졌습니다. 무엇을 의미할까요? 밑바닥 계층을 형성하는 힘없고 도태된 사람을 태워야 사회 시스템이 굴러간다는 겁니다. 재미있는 것은 스스로 태워지기를 간절히 원하는 사람들이 많다는 겁니다. 자신의 희생을 사회의 동력으로 삼는 것이 착취라는 것도 인지하지 못하는 경우가 허다합니다.

문제는 자신이 동력으로만 쓰인다는 것을 모르고 높은 계층으로 올라갈 수 있다고 착각하는 겁니다. 그러다 못 올라가면 좌절하고 때로는 스스로 죽음에 이르기도 하는 것이지요. 착취는 결국엔 자기 자신에게 이어지다 그마저 고갈되면 죽음을 택합니다. 삶의 의지보다 죽음의 의지가 크거나 같으면 선택지는 하나만 남습니다. 그게 이곳에서의 죽음입니다.

삶은 삶 자체로서는 아무짝에도 쓸모없습니다. 삶에는 언제나 죽음이 내포돼 있습니다. 삶과 죽음은 계속 연결되는 흐름입니다. 시작과 끝은 언제나 이어져 있습니다. 아침과 저녁이 있는 하루도, 시작과 끝이 있는 삶과 사랑도, 끝없이 시작과 끝이 연결됩니다. 그렇지만 이곳은 시작보다 끝의 에너지가 큰 동네입니다. 겁에 질려 머뭇거리며 시작했다가 공포가 집어삼켜버리면서 막을 내리는 것이지요. 시작과 끝, 그리고 다시 시작이 이어져야 하지만 그렇지 못합니다. 계속 시작할 수 있다는 믿음이 사라진 곳에 덩그러니 남은 것은 공포와 자괴감, 모멸감뿐입니다. 결국에는 자기혐오로 이어져 삶이 나아가지 않고 정체돼버립니다. 나는 그 점이 매우 안타깝습니다.

—

여기서 산 지는 7년, 8년쯤 되나. 306호를 제외하고 3층에서 제일 오래됐지 싶습니다. 서로의 이름은 잘 모릅니다. 굳이 우편함을 뒤진다면 모를까. 낮에 떠 있는 달처럼 서로의 존재가 희미한 곳입니다. 관심을 가지고 보지 않으면 모릅니다. 3층 사람들 각자 그럴 겁니다. 굳이 조금 안다면 바로 앞집인 306호입니다.

306호가 복도에서 통화할 때 내 욕을 하는 소리를 들은 적 있습니다. 아마 3층 엘리베이터 앞에 누가 토한 걸 보고 당연히 나를 의심하면서 욕하던 상황이었지요. 워낙 울림통이 좋은 사람이라 방에서도 다 들을 수 있었습니다. 날 보고 술집 여자라고

하던데 군이 정정할 필요도 못 느꼈고 그렇게 생각하는 건 자유니까. 내가 봐도 술집 여자라고 오해할 만하니까요.

난 술을 잘 못 마시는데 접신할 때는 어쩔 수 없이 마십니다. 그래야 무아지경에서 영매로서의 역할을 잘할 수 있으니까요. 접신하게 되면 오랜 시간 등산을 한 것처럼 지쳐버리는데 그 상태로 집에 들어와서 잠들어버립니다. 다른 영들이 내 몸에 들어와서 온갖 에너지를 다 쏟아내면 나는 껍데기만 남게 되고 진흙으로 만들어진 것처럼 무거운 육체만 남습니다.

화장을 진하게 하고 짧은 옷을 입고 다니면 그게 술집 여자라고 떠벌리는 306호의 해괴망측한 생각을 바꾸는 것도 월권입니다. 생각은 자유니까 군이 바로 잡아봐야 쓸모없다는 것을 잘 압니다. 인간의 자유의지에 간섭하는 것은 신의 노여움을 사는 일입니다. 군이 그런 일을 할 필요는 없지요.

조금 더 솔직히는 무당으로 보이지 않기 위한 것도 있습니다. 사실 그게 자랑은 아니니까요.

—

어두운 공포가 저변에 깔리면 사람들은 자세를 낮추고 움츠러든 상태로 밀실로 숨게 됩니다. 공포라는 놈은 외부에서는 확장해 나가지만 내부에서는 수축의 성질을 가지고 있지요. 겁먹은 사람은 작아지는 게 당연합니다. 이 동네는 무거운 공포가 깔린 곳입니다. 그건 실패라는 또 다른 이름을 가지고 있지요. 짙은 안개 속에서 벼랑 끝을 걷는 것과 같습니다. 이곳은 얼어붙은 뻣뻣한 몸으로 위험천만한 길을 위태하게 걷는 사람들이 사는 동네입니다.

사실 처음 이 집에 이사 올 때, 꺼림칙했던 건 사실입니다. 이 동네에서 사이렌 안 울리는 구급차를 본 것만 수십 번입니다. 사이렌을 울리지 않는 구급차가 트렁크 문을 열고 있다, 이게 무슨 의미인지 안다면 이 동네를 잘 안다는 거지요.

죽음이라는 게 모두 안타깝고 슬프지만 특히 자살은 신의 노여움을 사게 됩니다. 자연의 법칙을 거슬러 거대한 신의 영역을 침범한 거니까요. 그래서 자살한 영혼은 구천을 떠돌며 귀신이 되는 것입니다.

그렇게 생을 포기해버리면 무간지옥에 빠져들게 됩니다. 지옥의 연속, 아득한 늪에 빠져서 결코 헤어 나오지 못합니다. 좁은 한 장소에만 머무르게 되는 것이지요.

형사님 앞에서 이런 말을 해도 되는지 모르지만, 또 이상하게 봐도 상관없지만, 처음 이 건물 앞에 섰을 때는 좀 놀랐습니다. 저조차도 무서운 마음이 들었습니다. 귀신이야 자주 보지만 이 땅은 예전에 많은 사람들이 묻힌 땅입니다. 귀신이 많이 보인다는 의미는 곧 억울한 희생이 있던 곳으로 보면 됩니다.

전쟁으로 무고한 사람이 희생되었거나 불의의 사고로 대형 인명 사고가 발생했다거나 하는 곳에서나 볼 수 있습니다. 어찌 보면 자살자들도 많다는 거지요. 사회 분위기가 자살을 유도하는 부분도 있을 수 있습니다. 넓은 범위에서 보면 억울한 희생이지요. 사각지대에서 복지시스템이 제때 작동하지 않아 죽임당한 거라고 봐도 크게 무리는 아닐 겁니다.

이 땅의 많은 귀신들을 정성 들여 위로하고 달랜 후 건물을 세웠어야 했는데 하는 아쉬움은 어쩔 수 없습니다.

그래도 귀신을 필요 이상으로 무서워할 필요는 없습니다. 정말 무서운 건 악의를 가진 사람입니다. 귀신은 봐도 사람의 속내는 나 같은 사람도 좀처럼 보기 힘들지요. 그 사람들이 모이면 거악이 되고 거악을 잠재우는 것은 파멸 외에는 없습니다. 손쓸 수 없을 정도가 되면 결국 터져 자멸하게 되는 것입니다. 결국 희생은 온전히 선량하고 약한 영혼들이 입게 되는 겁니다. 역시나 사람이 가장 무서운 법입니다.

—

내 할머니가 영매였고 다행히 엄마는 영매가 되지 않았지만, 한 세대를 걸러 내가 영을 볼 수 있게 됐습니다. 그게 열여덟 살입니다. 처음엔 영매를 거부하고 교회에 나가기도 했습니다. 어린 내가 괴로워하자 목사는 열심히 치유의 기도라는 것을 했지만 결국엔 실패했습니다. 그때 꽤 많은 헌금을 냈던 걸로 기억하는데 목사는 치유에 실패하자 어린 나를 비난했습니다. 돌이켜보면, 그 교회 목사라는 인간은 이단이나 사이비였던 거 같습니다. 지금이야 정통과 이단을 얼핏 구분할 수 있지만 사람이라는 게 급하고 홀리면 뭐가 옳고 그른지 구분할 수 없지요. 아마 그때 어머니가 이단, 사이비에 홀려 허우적댄 것 같습니다.

엄마는 딸에게 몹쓸 것을 물려줬다고 식음을 전폐하며 자신이 영매가 되겠다고 애썼습니다. 나는 그게 보기 싫어 도망치다시피 이곳에 온 것이지요. 가족마저도 다 버리고 온 것입니다.

내 짙은 화장과 짧은 옷차림은 육욕을 해결하려는 게 아니라 젊은 남자 영들을 불러들이는 절차라고 해두지요. 이곳 귀신들은 대개 젊은 남자들이니까.

어린 나이에 갈 수 있는 동네가 이곳이었고, 내가 벌어서 월세를 낼 수 있는 몇 안 되는 동네였습니다. 처음엔 길거리에서 귀신 들린 사람을 무료로 상담하면서 이 집으로 이끌었습니다. 아마 남자 고객들이 집에 오는 걸 보고 나를 성매매 여성으로 오해했을지도 모른다는 생각을 했습니다. 생각은 자유니 그러라지요.

고객이 늘어나자, 나는 근처에서 작은 신당을 만들어서 죽은 자와의 대화를 하기 시작했습니다. 단골 중에는 마음의 병을 가진 사람들도 많은데 다른 곳에서는 그저 정신병으로만 여기지요.

마음의 병은 병원에 가두고 약물을 투여한다고 낫는 병이 아닙니다.

　나는 다른 처방전을 줍니다. 제법 입소문이 난 걸 보면 아마 영적인 허약함, 외로움을 나의 처방에서 찾는 사람들이 많은 것 같습니다. 꾸준히 찾아주는 고객들 덕분에 이 동네를 떠나지 못하는 것입니다. 정기적으로 와서 상담받는 사람도 많고 그중에는 열의를 보이는 경찰들도 찾아옵니다. 어디서도 방법을 찾지 못할 때 나를 찾아오는 것이지요.

　사람은 태어났다는 것을 축복으로 여겨야 합니다만, 이 세상은 언제나 원대한 목표나 포부를 강요하고 이것에 큰 압박을 느끼면 마음이 억눌려서 터져버리기 마련입니다. 거대담론에 투신하지 않아도 예술을 즐기고 바보처럼 웃으며 행복하게 살아도 흠이 아닙니다. 순수할수록 좋은 것입니다. 그러나 순수하면 바보 취급을 받게 되지요.

　순수한 사람은 천성적으로 남 탓을 하지 못합니다. 자기 탓으로만 돌리는 경향이 있습니다. 외부의 강한 자극에 마음을 다친 사람은 원인을 오히려 자신에게서 찾으려 하지만 실상은 그렇지 않은 경우가 대부분입니다. 경제적으로는 빈부격차에 허탈감을 느끼고 정신적으로는 공허함을 넘어 대공황을 겪고 있습니다. 순수한 영혼들은 견디기 힘든 정글 같은 곳입니다. 사자가 있다면 임팔라 같은 동물도 있는 법입니다. 애초에 약한 초식동물로 태어난 것을 육식동물처럼 살라고 하면 안 되는 것이지요. 약함은 인정하고 드러낼수록 상처가 아물고 빠르게 치유됩니다. 감추면 안에서 곪아 썩어 들어갈 수밖에요.

지치고 힘든 미래의 불안에 겁먹은 영혼들에게 신 대신 24시간을 줍니다. 새벽의 차가운 공기, 단맛이 나기까지 하는 낮의 포근한 꽃바람, 저녁의 노란 노을의 냄새, 밤의 어둠에 가려져 있는 내일 뜰 태양. 증명할 필요가 없습니다. 겪게 하는 거지요. 대단하고 영광스러운 하루가 아니어도 시간의 흐름이 눈부신 축복이라는 것을 일깨우지요.

마음의 병을 치료하는 데 필요한 약은 물, 바람, 기름입니다. 묵은 때를 씻고 바람을 쐬고 좋아하는 음식으로 위장을 채우면 됩니다. 아침저녁 두 번, 일주일이면 상당수는 차도를 보입니다.

나는 그 여린 사람들을 지키는 수호자라고 자부하며 이곳에 머물러 있습니다. 이곳은 작은 재난을 하나씩 가진 사람들이 모여 있는 곳이고 나는 움직이는 재난들을 관리하는 역할을 신에게 부여받았습니다. 그런 사명감이 없다면 이곳에 있을 수 없지요. 넘어지고 다쳐 바닥에 주저앉은 영혼들의 겨드랑이에 손을 끼워 한 명씩 들어 올리는 것이 제 작은 사명입니다.

—

음…… 나도 귀가 있는데 당연히 바깥소리를 다 듣고 살지요. 별 소리를 다 듣고 살지만 그래도 이 정도의 소음이 없으면 그게 사람 사는 세상일까요. 항상 귀신의 소리에 몰입하다가 바깥세상의 소리를 들을 때는 내 마음도 좋아서 신경 쓰지 않습니다. 소음이 아니라 세상이 들려주는 음악입니다.

옆집 302호는 거의 소리를 들을 수 없습니다. 집에 있는 것 같은데도 소리를 내지 않는 사람 같아서 조금 안타깝습니다.

아마 303호 같은데 부끄럽지만 남녀가 정을 합하는 소리도 자주 들렸습니다. 남녀의 모든 인연은 전생의 연이 이어진 거고 둘이 정을 합한다는 것은 해로울 것이 없습니다. 오히려 듣는 사람들도 생기가 돋습니다. 성적인 결합이라는 건 순수한 것이지요. 순수한 것이 좋다고 말씀드렸지요. 물론 그게 성 에너지의 조화로운 결합이 아니라 강압이라면 큰 벌로 이어집니다. 육체를 강제로 탐하는 것은 영혼을 죽이는 것과 같습니다. 그 상처는 평생에 걸쳐 상처를 입히는 중죄 중의 중죄입니다. 다행스럽게도 3층에서 강압적인 소리는 한 번도 듣지 못했습니다.

304호는 영혼이 순수해보여서 간혹 마주치면 부끄러워하지 않아도 된다고 일러두지만 겁이 많은 아이 같았습니다. 사람에 대한 호기심보다 두려움이 더 큰 아이지요. 다음 생은 누구보다 더 행복한 생으로 태어날 겁니다. 모든 것이 잘 풀리는 다음 생이 있다고 말해줘도 모르겠지요? 예전에는 304호 같은 아이를 두고 신과 통하는 아이라고 했습니다. 동네에 한두 명씩은 있는 특별할 것 없는 보통의 존재였는데 지금은 격리되다시피 하는 게 안타깝습니다.

303호 집에 한 번 들어가보면 좋겠는데, 그런 협조를 대신 구하기는 어렵겠지요? 303호는 기가 세 보여서 직접 만나보고 싶어집니다. 보통 사람들보다는 확실히 기가 셉니다. 사람의 욕망이 센 경우 기로 발현되고 때로는 귀신조차 꺼려하는 경우가 있는데 303호가 그런 경우가 아닐까 싶습니다.

305호에서 일어난 일이요? 그 옷에 피 묻은 남자가 도망쳐 나간 그 일 말이지요? 쉬는 날 밤이어서 비교적 정확히 기억합니다. 갑자기 남자의 비명 소리가 들렸고 문 열리는 소리가 들리더니 문이 부서질 정도로 세게 닫혔습니다. 그때, 306호 아주머니의 비명 소리가 들리고 남자 옷에 왜 피가 묻어 있냐며 묻는 소리가 이어졌습니다. 남자는 대답 없이 그 자리를 피하는 거 같았고 이후 306호 아주머니는 청소할 때마다 305호에서 뛰쳐나온 피 묻은 남자와 관련해 305호를 욕했습니다. 오랜 시간 같은 레퍼토리로 욕했던 기억이 나네요. 괴물이니 살인자니, 아무리 범죄자여도 정도를 넘어선 비난은 듣는 사람마저도 괴로울 정도였습니다. 아무리 청소 시간이어도 그렇지 그 큰 울림통으로 찬송가를 부르고 그 뒤에 이어지는 험담은 누가 들어도 괴로웠을 겁니다.

마녀사냥이었습니다. 피 묻은 남자가 뛰어나간 사건은 306호가 305호에게 저주를 퍼붓는 데 나름의 근거가 되는 사건이었지요. 저도 왜 피가 묻었는지 궁금했지만 친하지도 않았고 원래 이 동네에서는 그런 일이 있어도 묻지 않는 것이 규칙입니다. 그래도 306호가 퍼붓는 저주는 너무 듣기 거북했습니다.

오죽했으면 똑같이 느껴볼 기회를 주려고 루머를 퍼뜨리려고 했습니다. 루머가 퍼지면 주워 담기까지 엄청난 시간과 노력이 필요하니까요. 그렇다고 그대로 내버려두기에는 루머를 인정하는 꼴이 되니 306호도 똑같이 곤경에 빠지게 만들고 싶었습니다. 306호가 건물 사람들에게 교회 전단지를 나눠주던 것에 착안해, 사이비 교회의 전단지를 우편함에 넣으려고 했습니다.

다행히 전철역 입구에서 눈빛이 흐린 사이비 교회 사람들이 전단지를 마구 나눠주니까요. 건물 사람들은 306호가 이상한 교회에 다니는 사람이라고 바로 의심할 테고 전도는 전혀 이뤄지지 않게 되겠지요. 만약 건물에 사는 사람을 자신이 출석하는 교회로 전도했다면, 사이비 전단지를 통해 306호의 교회에도 반드시 소문이 났을 테고요.

구체적인 계획을 짜고 실행에 옮기려는 순간 이런 생각이 들더군요. 굳이 귀찮게 이렇게까지 해야 하나. 이렇게까지 해서 내가 얻는 게 뭘까. 한낱 같은 층 사람이 왈가왈부하는 건 선을 넘는 게 아닐까. 차라리 아예 귀를 닫고 사는 것이 낫겠다고 생각했습니다. 왜냐면 그즈음 우연히 마주친 306호의 얼굴이 좀 부어 있었거든요. 중년 여성의 얼굴이 부어 있다? 용의자는 십중팔구 남편 아니겠어요? 시간과 남편은 306호의 편이 아닐 거라 생각하니 분이 조금은 사그라들었습니다. 잠깐 동안 마음이 아프기도 했지요.

시간이 지나면서 저는 스스로에게 두 가지 규칙을 정해주고 비교적 잘 지켰습니다. 다른 사람 일에 신경 쓰지 않는다. 밖에서 마주쳐도 최대한 정중하고 예의 있게 대한다. 그래도 계속되는 306호의 저주는 참기 힘들었습니다. 결국 저라는 사실을 숨긴 채 엘리베이터에 쪽지를 써 붙였습니다. 차분히 달랠 의도로 감정 수위를 대폭 낮춰 306호에 맞는 성경 구절을 찾았습니다. 예전에 제게 붙은 귀신을 쫓아내야 한다며 영적 치료할 때 배웠던 성경 문구였지요. 보고 느끼라고 써 붙였지만 다음 날 보니 없더군요. 이후에도 306호의 저주는 멈추지 않았습니다.

─의인의 머리에는 복이 임하나 악인의 입은 독을 머금었느니라.

(잠언 10:6)

—너는 허망한 풍설을 전파하지 말며 악인과 연합하여 무함하는 증인이 되지 말며.

(출애굽기 23:1)

—누가 누구에게 불만이 있거든 서로 용납하여 피차 용서하되 주께서 너희를 용서하신 것같이 너희도 그리하고.

(골로새서 3:13)

—너희는 모든 악독과 노함과 분냄과 떠드는 것과 비방하는 것을 모든 악의와 함께 버리고 서로 친절하게 하며 불쌍히 여기며 서로 용서하기를 하나님이 그리스도 안에서 너희를 용서하심과 같이 하라.

(에배소서 4:31-32)

—형제들아 사람이 만일 무슨 범죄한 일이 드러나거든 신령한 너희는 온유한 심령으로 그러한 자를 바로잡고 너 자신을 살펴보아 너도 시험을 받을까 두려워하라. 너희가 짐을 서로 지라.

(갈라디아서 6:1-2)

성경 구절을 붙여놓았지만 306호는 깨닫지 못했습니다. 저는 여우를 잡기 위해 덤불만 두드린 셈이었지요. 마음 같아서는 여우를 직접 사냥하고 싶었습니다. 306호는 뉘우치지 못하는 간악한 믿음으로 305호를 마구 찔러댔습니다. 예전에 저희 집안을 풍비박산 냈던 사이비 목사가 생각났습니다. 간사한 뱀의 혀로 어머니를 농락하고 모든 재산을 강탈해간 그 사이비 목사 말입니다.

겉으로는 예수의 사랑을, 속으로는 간악한 뱀의 혀를 가진 사람들이 있습니다. 뱀의 혀는 305호의 목에 있는 타투가 아니라 306호의 입안에 있었지요. 저는 그 혀를 잘라버리고 싶었습니다.

[302호 참고인 진술 녹취]

언젠가 집에 들어오는데 건물 입구 우편함에서 어떤 여자가 서성거렸어요. 다른 집의 우편함을 하나하나 자세히 살펴보는 뒷모습이었는데 아주 태연했어요. 우체국 직원으로 오해할 만큼 여유가 넘쳤죠. 그 틈 사이로 비집고 들어가 제 우편물을 가져 가려고 인기척하자 움찔했어요. 좀 이상하다 싶었는데 그러려니 하고 302호 제 우편물만 챙겼죠. 이웃과 친해지지 않는다는 룰에 따라서, 시선을 아래에 두고 도망치듯 급히 들어왔어요.

바로 주머니에 넣는 바람에 내용은 보지도 않고 당연히 실수로 내지 못한 고지서겠거니 생각했는데, 오래전에 보낸 엽서였어요. 1년 전에 혼자 여행을 갔을 때 거기서 보낸 엽서요.

'느린 우체통'이라는 거 아세요? 엽서를 써서 느린 우체통에 넣으면 1년 뒤에 엽서를 보내주는 우편 서비스예요. 혼자 여행하며 스스로 격려하는 차원에서 엽서를 썼던 기억이 스쳐지나갔어요. 아, 벌써 1년이나 지났구나 했죠.

이 집에 이사 온 후에 제가 맡아서 디자인하던 업체가 잘됐던 적이 있어요. 그래서 업체에서 고맙다면서 보너스를 챙겨줬어요. 금액이 많지는 않고 열흘 정도 여행 경비는 됐어요.

일하면서 너무 집에만 있었나 싶어서 파란 바다가 보고 싶었어요. 바로 여수에 있는 호텔을 예약하고 떠났어요. 바다를 보면서 앞으로의 계획도 세우고 좋아하는 해산물도 실컷 먹었죠. 책을 여러 권 쌓아두고 하루 종일 읽고, 종일 보고 싶었던 영화를 보고, 테라스에서 밤바다를 보면서 혼자 맥주를 마시기도 했어요. 낮에는 파랗고 하얀 바다 색깔에 종일 취해 있었죠.

집에서처럼 혼자였지만 이상하게 호텔이 주는 안정감이 좋았던 기억이 나요. 여수에서 느린 우체통이라는 걸 보고 엽서를 몇 장 보냈던 기억이 있어요. 약간 술에 취한 상태에서 보낸 엽서여서 후회했던 기억도 나네요. 몇 장을 느린 우체통에 넣었는지 기억이 흐릿해요. 술을 마시고 쓴 것만 어렴풋해요.

집에 들어오자마자 엽서를 책상 위에 올려두고 간단한 집안일을 했던 걸로 기억해요. 간단히 밥을 먹고 씻고 책상 앞에 섰을 때 엽서가 다시 눈에 들어왔어요. 그래서 1년 전에 어떤 내용으로 보냈나, 하고 훑어보는데 순간 우편함에 서 있던 여자의 모습이 떠올랐어요. 혹시 그 여자가 엽서를 봤을까? 정말 얼굴이 화끈거릴 정도였어요. 시간을 되돌리고 싶을 정도로요.

> 1년 후, 완전히 회복되어 있을 나에게.
> 지금은 고통에 겨워 도망치듯 여행 왔지만
> 1년 후의 나는 다른 사람이 되어 있을 거야.
> 더 멋지고 당당한 나를 위해서만 살자.
> 그 누구도 아닌 날 위해서만.

젠가 게임 아세요? 무너지지 않게 나무 블록을 하나씩 빼는 거요. 그때 일은 잘됐지만 제 상태가 나무 블록 한 개만 빼면 와르르 무너질 것처럼 힘든 시기였어요. 경제적으로는 나아져도 심적 부담이 점점 가해지던 시기였죠. 뛰다가 넘어져 울먹이는 아이 같았어요. 울음을 터뜨리기 직전의 마음 같았어요.

그 힘든 상황을 누군가에게 들키면 발가벗겨진 느낌이 들잖아요. 짧은 엽서 내용을 보면서 그날 밤은 치부를 들킨 것 같아 부끄러웠어요. 중학생 때 쓴 감성에 가득 찬 일기장을 들킨 것처럼요. 제발 내 얼굴은 보지 않았기를 바라는 마음이었어요.

여행할 때 엽서를 여러 장 보냈다는 사실이 떠오르면서 그날은 잠을 못 잤어요. 어떤 내용인지 정확히 기억나지도 않고 얼핏 짧게 쓴 엽서들이 서너 장은 됐던 걸로 기억하는데 앞으로 종종 우편함을 확인해야겠다고 마음먹었죠. 지금 생각해도 너무 부끄럽고 화끈거리는 기억이에요.

[303호 참고인 진술 녹취]

아, 원래 기르던 작은 개가 있었어요. 집주인이 이 건물에서
동물을 키우는 건 어렵겠다고 했지만, 어차피 안 걸리면 되는 거
잖아요. 미안하지만 성대수술을 시켜서라도 몰래 데리고 있어야
했죠. 뭐, 마음은 아프지만 어쩌겠어요.

그렇지 않으면 누가 돌봐줄 사람도 없고, 더구나 노견이라 누
가 입양을 하지도 않을 텐데요. 개를 기르는 게 불법도 아니고.
설마 집주인이 개 키운다고 소송을 걸겠어요? 뭐, 소송 걸어도
상관없어요. 우리집 개는 열 살이 넘어서 시끄럽게 뛰지도 않고
조용조용히 있어서 옆집에서도 개 키우는 줄 몰랐을걸요. 그만
큼 조용하고 순해요. 낯을 가리지도 않아요.

우유요? 전 유제품 알레르기가 있어서 전혀 안 먹는다니까요. 치즈, 요거트 종류도 그렇고요. 개도 우유를 소화할 수 있는 효소가 없다는 건 아시죠? 냉장고에 있는 우유는 남자만 마셨어요. 남자가 집에 오는 날이 있는데 가끔 예거마이스터라는 술을 가져와요. 리큐어인데 우유나 주스를 섞어 마시는 거요. 가게가 망하기 전에 술을 챙겨둔 거 같았어요. 지금은 분명 돈이 없는 걸 알거든요. 아마 외상으로 미리 발주 넣어서 어딘가에 더 빼돌렸는지 어떻게 알겠어요?

예거마이스터와 우유를 섞어 마시거나 뜨거운 커피에 우유를 섞어 마시곤 했어요. 아마 저희 집이 빚 독촉을 피할 수 있는 유일한 공간이었는지 자기가 먹을 것들을 냉장고에 넣어두고는 했어요. 가끔씩 제가 사다놓기도 했죠. 이미 사랑은 끝났지만 사랑하는 척해야 했어요. 안전 이별을 위해서요. 사랑하지만 우리는 어쩔 수 없이 헤어질 수밖에 없다는 식의 이별이 간절히 필요했으니까요. 그때는 머리가 멈춘 듯 어떤 아이디어도 떠오르지 않았어요.

저도 남자도 안전하게 헤어져서 각자의 삶을 충실히 살아가야 저도 죄책감이 없으니까요. 저로 인해 남자가 극단적인 선택을 하거나 저를 해코지하는 상황만은 피하고 싶었어요. 평생 죄책감이라는 올가미에 매여서 살긴 싫었어요. 결국엔 스스로를 죽이는 것과 다름없잖아요.

시간이 지나면 이름조차 가물가물한, 인생에 잠깐 지나치는 남자로 만드는 게 목표였어요. 남자의 입에서 헤어지자는 말은 절대 안 나올 거 같아서 시간을 벌면서 좋은 이별 방법을 떠올려야만 했어요.

[304호 참고인 진술 녹취]

딸기맛 우유 좋아합니다.

초코 우유도 좋아합니다.

맛있습니다.

매일 먹고 싶습니다.

언니 멍멍이도 귀엽습니다.

강아지 응가를 꽃에 뿌리면 꽃도 잘 자라납니다.

병원놀이할 때가 제일 재밌습니다.

어디가 아프세요?

제가 치료해줄까요?

[305호 참고인 진술서]

- **녹음 일시** : ○월 ○○일 15:30
- **녹음 장소** : 진술 녹음실
- **질 문 자** : 형사과 강력계 수사관
- **대화 형태** : 일대일 대화

■ 담당 수사관 소견

305호에 사는 여성은 직접적인 혐의는 없으나 첫 신고자인 306호의 적극적인 수사 요청에 의해 이루어짐. 거짓 없이 답변을 하였고 모든 알리바이가 명확함. 자신감이 결여된 긴장한 태도로 참고인 조사에 임했음. 직업은 노점 액세서리 판매상. 폭력 등 다른 범죄와 연관성은 없는 것으로 드러남. 전체 녹음은 파일 형태로 첨부.

■ 진술 내용

첫날 이사 올 때 본 것을 잊지 못해요. 이사를 마치고 집에 필요한 여러 가지 물건들을 사서 들어오는 길이었어요. 마침 길을 익히고 산책도 할 겸 주변을 돌아다니다가 인도와 접해 있는 끝 차선에서 새끼 고양이를 봤어요. 차도 사람도 놀라서 급히 방향을 꺾게 만드는 바닥에 짓눌려 있는 고양이었어요. 너무 끔찍하고 무서웠어요.

자세히 봐야 고양이구나, 싶을 정도로 처참했죠. 터진 내장 위에 타이어 자국이 겹쳐 있었는데 누구도 고양이를 수습하지 않았어요. 다들 표정을 일그러뜨리면서 지나가기만 했어요. 그걸 보자 눈물이 왈칵 쏟아지더라고요. 내 모습 같았죠.

곧장 방금 산 주방용 투명 지퍼백 두 장를 꺼내서 신호가 바뀌자마자 고양이에게 다가갔습니다. 양손에 지퍼백을 장갑 삼아 끼고 바닥에 눌어붙은 고양이를 떼려고 하는데 잘 떼어지지 않더라고요. 죽은 지 얼마 안 된 건지, 차들이 밟고 지나가 그런 건지 따뜻한 온기가 비닐을 뚫고 손끝에 닿았어요. 새처럼 작은 사체를 수습해 들고 가자 사람들이 수군거리며 이상한 눈으로 쳐다봤어요. 늘 겪는 일이라 익숙한 눈빛이었죠.

아랑곳하지 않고 가까운 공원의 나무 밑에 묻어주려는데 한 중년 남자가 그런 거 여기에 묻으면 안 된다고 고래고래 소리 질러 깜짝 놀랐던 기억이 생생해요. 약간 술에 취한 모습이었어요. 제 모습을 보고 시비를 걸어오는 것 같았지만 역시나 익숙한 일이어서 모른 체했어요. 그 소리가 컸던 탓인지 제 모습 탓인지 곧 경찰이 왔고 자초지종을 설명했지만 저는 그날 폐기물을 불법투기했다는 혐의로 족히 일주일은 일해야 벌 수 있는 돈을 벌금으로 내야만 했어요. 이게 이 동네의 첫 인상이에요.

—

새끼 고양이를 수습한 지 얼마 지나지 않아 집 근처에 누가 죽었는지 다쳤는지 구급차가 멈춰 서 있었어요. 사람들은 어떤 상황인지 충분히 짐작할 수 있었음에도 몰려가서 빙 둘러 구경을 했어요. 무서운 롤러코스터를 타기 직전의 긴장감을 즐기는 것처럼요.

불행이 마치 쇼처럼 비춰지는 게 섬뜩했어요. 이건 쇼가 아니라 현실인데 말이죠. 아주 가까이서 벌어지는 비극이지만 마치 다른 대륙에서 벌어지는 일처럼 흥미롭게 받아들여요. 벽을 대고 붙어 살지만 실제로는 다른 행성간 거리처럼 멀고 멀어요. 조금만 가까워지면 외계인을 보는 것처럼 두렵고 낯설어하는 사람들이죠. 실제로 이웃을 대할 때도 외계인처럼 대해요.

그저 제가 그렇게 느껴서일지도 몰라요. 침몰하는 배가 다른 배를 구해줄 여유가 없어서일까요. 다 같이 침몰해가는 상황인데 자신은 여기서 벗어날 수 있다는 자신 때문일까요. 무엇이든 간에 차가운 동네인 건 분명해요. 서늘하고 소름 끼치는 동네죠.

직업은 뭐라고 말씀드려야 할지 애매한데요. 정해진 자리 없이 노점에서 액세서리를 팔고 있어요. 작은 가게를 얻고 싶은데 아직은 돈이 모이지가 않아서요. 큰 행사가 있으면 가방 싸서 이동하기도 해요. 불법이긴 한데, 문제가 된다면 죄송하게 생각해요. 당장 가게는커녕 집을 유지하는 것도 어려워서요.

타투는 그냥 개성이라고 해두는 게 좋겠는데요. 타투를 했다고 해서 범죄자인 건 아니잖아요. 그냥 했어요, 그냥.

날씨가 좋으면 일어나서 액세서리 팔러 나가요. 근처에 큰 사거리가 있는데 유동인구가 많고 전철역에서 쏟아져 나오는 사람들이 많거든요. 날씨가 안 좋으면 달리 할 일이 없어서 집에서 쉬어요. 주로 밀린 잠을 보충해요.

다른 집에서 소리가 나기는 하지만 306호 아주머니께서 청소할 때 소리가 가장 커요. 나머지 집은 잘 모르겠어요. 304호는 옆집이니까 가끔 쿵쿵 하는 소리가 나는데 크게 신경 쓰이는 정도는 아니에요. 사람 사는 집인데 그 정도 소음이야 당연하죠.

3층 사람들과 교류가 있는 건 아니에요. 종종 엘리베이터에서 마주치면 간단히 인사하는 정도인데 언젠가 302호와 304호를 동시에 만난 적은 있었어요.

동시에 저를 보고 흠칫 놀랐어요. 304호는 낯을 굉장히 많이 가렸는데 뒷걸음질 칠 정도였어요. 제 타투와 피어싱이 무서웠나봐요. 밖에서도 제 겉모습을 보고 눈을 찡그리는 사람들이 많은데 가장 안락해야 할 집에 들어서면서도 저런 표정을 봐야 하나, 하는 생각에 조금은 짜증이 나기도 했죠.

남들과 다르다고 혐오의 눈으로 바라보는 것은 언제나 상처가 돼요. 이상한 눈으로 저를 쳐다보면 저는 무표정하게 쳐다봤어요. 싫어하는 것보다 무서워하는 게 더 낫잖아요. 그런 눈빛은 평생 살아도 익숙해지지 않죠. 나를 혐오하듯 쳐다보는 눈빛, 더구나 306호 아주머니는 저를 보고 괴물 같다고까지 말할 정도예요.

절차적 정당성 없이 제멋대로 저를 기소하고 판결했어요. 저는 정황증거만으로 명예를 마음껏 찢어발겨도 되는 괴물이 됐어요. 실제로도 저를 괴물 같다고 표현하는 걸 수도 없이 들었어요. 306호는 스스로 검사와 판사 역할을 하며 제 명예를 짓밟아도 되는 면허를 부여했어요. 하지만 항변할 수는 없었어요. 그렇게 하면 저는 집에서 쫓겨날 게 뻔했어요. 월세가 두 달 정도 밀리던 시점이었으니까요.

다른 사람들에게는 자기가 다니는 교회에 다니라고 우편함에 교회 유인물을 꽂아놓는데도 제 우편함에는 안 넣을 정도로 저를 싫어했어요. 저는 하나님의 사랑을 받을 자격도 없는 것처럼 느껴졌어요. 이런 건물 사람들에게 어떤 애정이 있겠어요?

제가 이 사회의 난민처럼 느껴졌어요. 특정 구역에서만 살아야 하는 남들과 다른 사람이요. 어느 곳에서도 받아주지 않아 국경선 너머의 환상을 하염없이 바라만 보는 무국적 불법체류자 같은 마음이었어요. 결코 가까워질 수 없는 불편한 존재요.

먹고살기 바빠서 다른 집 사정까지 따지면서 살기가 힘들어요. 당장 다음 달 월세 내기도 빡빡해서요. 이 동네 대부분은 이웃에 살아도 별 관심이 없어요. 특히나 저는 집에 있으면 조용히 이어폰을 끼고 음악을 듣거든요. 밖에서 하루 종일 시달리다 보니 집에서는 단절된 느낌, 고립된 느낌을 즐겼다고 해두죠.

피 묻은 남자가 제 집에서 도망친 일이요? 306호 아주머니가 말하던가요? 그건 이 일과 상관없는데요. 묵비권 행사할게요.

죄송하지만 지금 사건과는 전혀 관련이 없어요. 지극히 사생활이에요. 답변 드리지 못해서 죄송해요.

[306호 참고인 진술서]

- **녹음 일시** : ○월 ○○일 17:00
- **녹음 장소** : 진술 녹음실
- **질 문 자** : 형사과 강력계 수사관
- **대화 형태** : 일대일 대화

■ 담당 수사관 소견

해당 건물의 청소와 일반 관리자로 등록상 거주지는 한 시간 떨어진 도시지만 건물주의 주거 지원 덕분에 해당 건물에 무상 거주. 303호에서 나온 남자를 3층과 2층 사이의 계단에서 발견한 최초 신고자임. 신고 당시 녹음은 파일 형태로 첨부하였음.

■ 진술 내용

건물주가 먼 친척이라 청소만 해주고 월세 없이 살지. 남편이랑 아들 얘기까지 해야 해? 남편은 일하고 아들은 사업해. 운수업하지, 운수업. 아들 사업? 건강식품 관련 사업해. 이런 것까지 얘기해? 이 나이에 혼자 살면 그런 것도 말해야 해?

매일 오전 11시쯤에 건물 전체를 청소해. 빠르면 두 시간 정도 걸려. 늦으면 세 시간. 깨끗하면 안 할 때도 있어. 청소하는 시간까지 중요해?

3층만 보자면 301호는 항상 그 시간에 자고, 302호는 집에 있고, 303호는 출근하고, 304호는 집에 있고, 305호는 밖에서 장사하니까 안 보이지.

날씨가 안 좋으면 집에 있었어. 아유, 밖에서 장사하는 거 봤는데, 얼굴이랑 몸에 온갖 장난을 다 쳐놨다니까. 그 여자가 범인 아니야? 생긴 거 보면 내가 범인이오, 하고 얼굴에 쓰여 있잖아. 안 그래?

305호가 범인이면 소름 돋아서 어떻게 같이 살아. 어? 월세라도 제대로 내면 몰라. 항상 집주인이 나한테 전화해서 305호 월세 입금이 안 됐다고 채근하는데 한두 번도 아니고 귀찮아 죽겠어. 월세 못 내면 나가야지. 누군 땅 파서 장사하나?

자세한 건 형사가 알겠지. 나야 뭐, 감으로 얘기하는 거니까.

요즘 기술 좋으니까 기술을 믿어야지, 사람 말을 믿을 수가 있나. 소문으로 애먼 사람을 잡을 수도 없고 말이야.

[302호 참고인 진술 녹취]

301호는 종종 마주쳐요. 언젠가 새벽에 편의점에 갔다 들어오는 시간에 마주쳐서 가볍게 인사했었거든요. 당황스러웠던 건 그 시간에도 화장이 굉장히 짙었어요. 아마 퇴근하고 들어오는 시간이었던 거 같아요. 그러면서 저한테 요즘 이상한 일 없냐고 묻는데, 딱히 없다고 말하고 어색한 웃음으로 다음 대화를 묻었어요. 더 깊이 얘기하고 싶지 않아서요.

3층 사람들은 다 마주쳐서 얼굴은 아는데 303호는 마주친 적이 없어요. 바로 옆집인데도 이상하게 타이밍이 안 맞아서 언젠가는 303호의 문이 열리는 소리가 들리면 나가려고 했어요. 너무 궁금하더라고요. 마치 같은 상처가 있는 사람처럼 동질감을 느끼기도 했어요. 함께 대화해보고 싶었고 친해지면 같이 술도 마셔보고 싶었어요. 친구가 되고 싶었죠.

저도 예전에 거친 발자국 남자와 비슷한 사람을 만난 적이 있었거든요. 헤어지고 싶어도 절대 헤어질 수 없는 남자가 있잖아요. 집착이 점점 심해져서 짐승처럼 변하는 사람을 먼저 겪어봐서 잘 알아요. 누구 하나 죽어야 끝날 것 같은 상황에 빠지면 헤어나기가 힘들어요. 그 사람에게는 정말 목숨을 거는 일이니까요.

데이트 폭력이라는 게 꼭 자신을 폭행해야 하는 게 아니라 남자 스스로를 폭행하고 자해하는 것도 포함되거든요. 죄책감을 갖게 해서 평생을 옭아매려는 거요. 그래서 303호의 감정에 더 이입할 수 있었던 거 같아요. 그런 마음을 이해하는 건 같은 상처나 아픔을 겪은 사람만 알아요. 한 번도 못 만나고 얘기를 나눈 적도 없지만 강력한 심리적 결속감이 생겼어요. 303호와 저는 끈끈한 연대감, 깊은 신뢰로 이어졌어요. 우리는 함께 데이트 폭력을 겪은 피해자 연대인 거죠.

—

304호는 극도의 대인기피증도 있는 거 같았어요. 사람을 굉장히 무서워하는 눈빛은 확실해요. 그 두려움을 뚫고 수족관용품과 화분을 사러 갈 정도면 얼마나 아끼겠어요. 가족들이 있는지는 저도 모르죠. 304호와 친한 것도 아니니까요. 가끔 집에 다른 사람이 들어가는 거 같긴 했어요. 복도에 낯선 발자국 소리가 들리고 나서 304호의 문이 끼이이익 쾅 하고 닫히는 일이 종종 있었으니까요. 제가 듣기에는 분명 여자 발자국 소리였는데 어머니나 언니, 동생 아니겠어요?

아, 언니, 동생은 없구나. 그럼 어머니겠죠. 근데 지적장애가 있으면 혼자 살기 어렵지 않나요? 그러고 보니 이상한 게 하나 있었어요. 304호 집을 한 번 봤다고 했잖아요. 집이 어둡고 블라인드가 있었다고 했는데 지금 생각해보면, 거실에 형광등 자체가 없었던 거 같아요. 수족관 불빛으로 집 안을 밝히는 듯했어요. 워낙 잠깐 본 거라 정확하지는 않아요. 전체적으로 어두운 분위기여서 첫 느낌은 서늘하고 음산했어요. 그건 확실해요. 제가 정확히 보고 들었어요.

웃긴 건 음산한 집 안 분위기와 다르게 꾸미는 것을 좋아하더라고요. 올림머리를 안 하고 드레스만 안 입었지, 손에 여러 장신구며 목걸이며 시장에서 파는 싸구려를 걸치는 데 정말 어울리지는 않았어요. 어린 여자아이들이 드레스 입고 다니면 귀엽기라도 하죠. 뚱뚱한 304호가 과하게 꾸미는 게 기괴했어요. 혼자 있을 때는 그렇게 노나보죠?

110

304호는 아이들이 보는 프로그램을 좋아했어요. 애니메이션 중에서도 여덟 살 전후의 아이들이 좋아할 만한 방송이요. 304호는 시계를 볼 줄 몰라요. 그래서 직장의 지적장애 친구들에게 물어볼 때 방송 프로그램을 기준으로 물어보죠. 매일 보는 드라마를 보고 잠들었는지, 못 보고 잠들었는지 말이죠. 그걸 보고 몇 시에 잤는지 알 수 있었어요. 뭐, 대충 이런 식으로 소통해요.

말씀드렸다시피, 지적장애 3급이예요. 1급이면 사회생활도 어려워요. 3급이라 비장애인과 구분하기는 쉽지 않아요. 특정 단어를 반복해서 사용하거나 문장이 매끄럽지 않은 정도예요. 대화의 끝이 뭉개지고 중간에 멈추기도 하는데 친밀감이 쌓이기 전까지는 의사소통이 어려울 수 있어요. 대개 대화를 하기 전까지는 지적장애를 가졌다고 알아차리기 쉽지 않아요. 눈썰미 좋은 사람이라면 알지만 유심히 관찰하면서 보지 않으면 쉽지 않아요. 요즘은 누가 다른 사람들에게 관심을 가지지도 않잖아요.

간단한 음식도 할 줄 알고, 수족관이나 화분을 관리할 수도 있죠. 창구 직원의 도움을 받아 은행거래를 할 수 있고 ATM 이용, 인터넷 서핑, 스마트폰도 제한적으로 사용할 줄 알아요. 간단한 심부름과 쇼핑도 당연하죠. 마음을 열기 전에는 대화가 원활하지 않지만 한 번 마음을 열고 신뢰 관계가 형성되면 초등 고학년 정도의 아이와 대화하는 것처럼 막힘이 없어요.

304호는 어머니가 한 분 계세요. 다른 가족은 없는 것 같고요. 간혹 집에 들르는 것으로 알아요. 304호가 고등학생 때부터 혼자 산 것으로 아는데, 지금은 다른 가정을 꾸리셨어요. 지금 남편과 결혼해서 아이도 있을 거예요. 팔자 고치려고 지적장애가 있는 딸을 숨긴 건지 그것까지는 잘 모르겠어요. 뭐, 그렇다고 해도 비난할 수 있나요? 나 같아도 그랬을 거 같은데요.

그래도 딸 이야기에 눈물을 글썽이면서 마음의 짐으로 남아 있다고 말씀하셨어요. 처음에는 생활이 어려운 줄 알았는데 그게 아니었어요. 304호 어머니는 지금 가정을 정리하고 304호와 살 계획이 있다고도 말했어요. 언제라고 정하지 않았지만 심한 내적 갈등을 겪거나 재혼한 가정에서 입지가 좁아지거나, 그런 거 아니겠어요? 아무튼 그 전까지만 잘 부탁한다고 신신당부하더라니까요. 고급차를 타고 다니셨는데, 지금 떠올려보면 304호의 집에는 어울리지 않는 것들도 있었어요. 손가락에 여러 개의 반지를 낄 때도 있었는데 어머니의 반지였겠죠? 가끔 304호에 들러서 음식을 사주거나 냉장고를 채웠던 거 같아요. 요즘 세상에 모른 척하고 시설에 맡겨버리는 부모들도 많은데 그 정도의 책임감을 가진 엄마라면 대단하다고 봐요. 더 자세한 사항은 저도 잘 알지 못해요. 그 어머니라는 분에게 직접 물어보는 게 더 빠를 거 같네요.

—

다른 남자와 여행을 떠난 건 아니에요. 혼자 떠났어요. 단기 휴가를 내고 4박 5일 동안 바다를 보면서 쉬었어요. 마침 평일이라 숙박비가 비싸지 않아 미리 결제까지 했죠. 호텔 근처에만 머물렀어요. 관광보다는 휴양이 목적이었으니까요. 몸도 마음도 편하게 쉬는 것 말고는 관심 없었어요.

남자가 갑자기 변하면서 헤어지고 싶긴 했지만 갑자기 이렇게 되는 건, 어쩌면 제가 가장 무섭고 당황스러운 거예요. 다시 재기하고 다른 좋은 여자를 만났으면 해서 이별을 준비했어요. 그 고민을 위해 여행 간 거예요.

그래도 결론은 낼 수 있었어요. 거대한 산불은 쉽게 잠재울 수 없잖아요. 더 이상 주변에 태울 것이 없어 끝내 자기 자신을 태워 하얀 재가 되도록 기다렸어요. 화마를 피하기보다는 불길을 피해 방화벽을 만들고 스스로 자멸할 때까지 기다리기로 한 거죠. 그게 시간은 늦을지언정 가장 확실한 방법이었어요.

안 그러면 저도 타 죽는데 가만히 뜨거운 열기를 참고 열반에 들 수는 없잖아요. 안 그래요?

[304호 참고인 진술 녹취]

언니가 불쌍해요.

언니가 울었습니다.

내가 더 울었습니다.

멍멍이도 울었습니다.

[303호 참고인 진술 녹취]

아, 이런 부분까지 말씀드리기가 창피하네요. 음, 단순히 저희 커플의 성적 취향이었어요. 예전엔 호텔이나 고급 모텔 VIP룸에 가는 경우가 많았는데 경제적 상황이 어려워지면서 그것도 부담스러웠나봐요. 그래서 기를 살려주고 싶어서 제가 일부러 호텔 숙박권 이벤트에 당첨된 것처럼 꾸며서 호텔로 가기도 했어요. 다시 일어설 수 있다고 생각했거든요. 몸이 다부진 편이라 성적 에너지가 넘치는 사람이었죠.

이런 용어가 있는지 모르겠어요. 경제적 거세라고 해야 할까요, 사업 실패 후 남자는 발기가 잘되지 않았어요. 아마도 머릿속에 온갖 빚 문제, 앞으로의 계획 등 스트레스로 가득 차 있었겠죠. 예전에는 정성스럽게 애무하고 사랑스럽게 머리부터 발끝까지 쪽쪽 입을 맞추고 어루만졌지만, 최근 들어서는 어렵게 발기가 되면 애무 없이 곧장 관계를 가지려고 했어요. 무작정 욕정을 풀려고 해서 너무 아팠거든요. 순간 남자의 성적 학대를 명분으로 헤어지는 것도 생각했지만 제가 피해자가 되는 모양새도 싫었어요. 창피하잖아요. 피해자로 보는 동정 어린 시선도 신경질 나고. 내가 왜 남들에게 그런 이미지여야 하나요?

빨리 헤어지고 싶었지만, 머릿속은 점점 하얘졌어요. 헤어지자고 말하면 이 남자는 제 앞에서 자신의 목을 그었을 거예요. 그 정도로 집착이 심해졌어요. 그런 극단적 행동을 해버리면 저는 평생 그 모습을 떠올리며 살아갈 수밖에 없잖아요. 절대로 그 사람이 바보 같은 선택을 해버리면 안 됐어요. 그때부터는 순전히 저를 위한 것이었어요. 뭐, 남자는 안중에도 없었어요.

어느 순간부터는 파란 알약을 먹기 시작했어요. 남성들이 먹는 그 약 있죠? 근데 그마저도 병원에서 처방받은 게 아니라 음지에서 가짜 약을 구입한 거 같았어요. 작은 비닐 지퍼백에 여러 개 있었거든요. 남자로서의 자존심을 잃는 게 싫었던 거 같아요. 복제 약인지, 가짜 약인지 어쨌든 효과는 있던 것 같아요. 그렇지만 약에 의지한 것 때문인지 사정 후에도 가라앉지 않아서 옷을 챙겨 입는데 무척 고생했었어요. 엉거주춤한 자세로 나가곤 했죠.

헤어지지 못해서 남자의 욕구를 받아주는 지경에 이르렀어요. 제가 바보같이 느껴질 때쯤에 TV에서 데이트 폭력 사건이 이슈화되면서 혹시나 내가 저렇게 되지 않을까 하는 공포심이 생기더라고요. 여자가 먼저 이별을 요구하면서 남자가 돌변해 폭력성을 띠고 결국 여자가 목숨을 잃을 뻔한 사건이었죠. 이른바 '데이트 폭력'이라는 말이 익숙해질 만큼 매스컴에 자주 나왔어요. 아니 어쩌면 과거에는 물밑에 잠겨 있다가 지금에서야 수면 밖으로 나온 문제일 수 있지만 공적 채널에서 데이트 폭력 이슈를 다루니까 저도 무서워지기 시작했어요. 남자에게 제가 이별 통보를 하면 남자는 더 이상 발 디딜 곳이 없어서 허우적 댔을 거예요. 스스로는 허우적일지 모르지만 남이 볼 때는 폭력으로 비춰질 수 있는 그림이었죠. 그래서 헤어지지 못하고 있었어요. 그뿐이에요. 그래도 사람은 살려야죠. 안 그래요?

예전과는 달리 남자는 점점 거칠어졌어요. 사랑이 아니라 그저 섹스 자체였죠. 신음 소리를 감출 수가 없었어요. 아프기까지 했으니까요. 남자는 예전부터 저의 신음 소리에 집착했고 거짓 신음이라도 있어야 빨리 절정에 다다를 수 있어서 더 크게 소리 질렀어요. 마음에 두던 다른 남자를 생각하면서 관계했어요. 저도 욕정이 있는 여자니까요. 그때부터 꼬박꼬박 피임약을 먹었어요. 절대로 임신만은 막아야 했으니까.

아마 그 소리를 304호가 들었던 거 같아요. 방음이 잘 안 돼서 입을 틀어막아도 소리가 새어 나가는 건물이잖아요. 그래서 가끔 304호에 가면 언니가 불쌍하다고 말했어요. 남자가 나쁘다고 하면서 씩씩대며 화를 내기도 했어요. 주먹으로 허공을 가르며 남자를 때리는 흉내를 내면서요. 이상하게도 그런 모습에서 위로가 됐어요. 누구에게도 말하기 어려운 걸 성당에서 고해성사하는 느낌이었죠. 이런 얘기는 친구에게도 말하기 어렵잖아요. 창피하기도 하고. 근데 304호에게는 어떤 말도 할 수 있었어요. 인정하기 싫지만 저도 조금은 의지했던 거 같아요.

—

사업이 실패하면서부터 남자의 몸도 마음도 급격히 망가지기 시작했어요. 정상적인 생활을 하지 못했고, 밤낮이 바뀐 생활이 이어졌어요. 갑자기 몸무게가 부쩍 늘면서 안색도 안 좋아졌죠.

흰 눈동자가 탁해졌고 얼굴색도 부쩍 어두워진 걸로 봤을 때, 간이 나빠졌거나 당뇨를 앓았던 거 같아요. 남자의 할아버지와 아버지가 간경화와 뇌출혈로 돌아가신 가족력이 있었거든요.

그래도 건강에 대한 걱정을 드러내진 않았어요. 헤어질 명분을 만드는 데만 신경 썼으니까요. 매몰차게 들릴지 모르지만 그 남자가 아팠으면 좋겠다고 생각했어요. 그래서 굳이 건강 챙기라는 말도 하지 않았어요. 건강까지 챙겨줄 정도의 마음도 남아 있지 않았고, 결혼하기 전에 아픈 남자의 뒷수발을 드는 것은 남자도 원하지 않았을 테니까요. 스스로 자멸하는 건, 저의 죄책감과는 무관한 일이잖아요. 전 스스로를 지켜야 했고 그에 충실했어요. 남자가 쓰러진 건 제 탓이 아니에요. 안 그래요?

[302호 참고인 진술 녹취]

여자를 폭행하는 소리는 분명 아니었어요. 때리는 소리는 절대 아니었고 조금 격렬한 섹스였다고 하는 게 맞아요. 거친 걸 좋아하는 사람들도 많잖아요. 그 정도 소리는 누가 들어도 알지 않나요, 성인인데.

집에서 디자인 작업하는 시간이 많아지면서 발자국 소리로 어떤 사람인지 정확히 구분할 수 있었어요. 남자들의 얼굴을 본 적은 없지만 소리만으로 남자의 얼굴과 몸을 상상하곤 했죠.

거친 발자국의 남자는 우락부락한 얼굴과 근육과 적당히 살이 붙은 외형으로 생각했고, 조용한 발자국의 남자는 호리호리한 체격에 예쁘장한 외모를 상상했어요. 만화 속에 나오는 미소

넌처럼요. 실제로 보지 못해서 맞는지 모르지만 그렇게 상상하는 게 좋았어요.

발자국 소리가 조용한 남자는 섹스 소리부터 달랐어요. 완전히요. 그래서 전 조용한 발자국 남자를 더 좋아했어요. 저도 은근히 동하는 마음이 들 정도로요.

그렇다고 거친 발자국 남자가 303호를 때린 적은 한 번도 없었던 거 같아요. 섹스할 때 거친 스타일이었던 건 맞지만 평소 때리는 소리가 들렸냐고 물으신다면 확실히 '아니요'라고 대답할 수 있어요. 303호의 목소리가 하이톤이라 아마 적어도 3층에 있는 사람은 그 소리를 전부 들었을 거예요. 큰 소리가 갑자기 줄어들 때는 입을 틀어막았던 거 같아요. 그 손가락 사이로 삐져나오는 소리는 폭행 소리가 아니잖아요. 그 입을 막은 손이 누구 손이었던 간에 폭행에 의한 신음 소리는 절대 아니었어요. 바보가 아니라면 다 알죠.

303호는 어떤 남자건 간에 즐겼어요. 우열을 가릴 수 없게 거친 것도 부드러운 것도 좋아했어요. 아마 섹스 자체를 굉장히 즐기는 사람 같았어요. 제가 당사자가 아니라 정확히 모르지만 부드러운 스타일일 때 303호의 신음이 가장 진실하게 들렸거든요. 처음에 306호 아줌마도 신음 소리가 자주 들린다고 했던 거 기억나시나요?

[306호 참고인 진술 녹취]

청소하다가 2층과 3층 계단 사이에 웬 남자가 엎어져 있는 걸
보자마자 놀라서 신고했다니까. 얼굴이 퉁퉁 부어서 말이야. 여
러 명에게 두들겨 맞아도 그렇게까지는 안 부을걸.

보험 회사에서도 똑같이 물어봤어.

아는 대로 똑같이 대답했지, 지금처럼.

보험 들고 죽인 거지? 그치?

305호 조사해봐. 망치도 들고 다닌다니까?

내가 보니까 잽싸게 숨기더라고.

솔직히 범인이 누군데 그래. 어?

CCTV에 다 나오지?

생각할수록 무섭고 찝찝해.

하필 왜 청소하는 계단에서 쓰러져, 쓰러지긴.

이 동네 무서워서 빨리 이사를 가던지 해야지.

[내사 진행]

"오랜 시간 협조해주셔서 감사합니다."

"협조야 어렵지 않은데 안타깝기도 하고 무섭잖아, 세상이…… 오십 평생 이런 일은 뉴스에서나 봤지 실제로 내 눈앞에서 보고, 빨리 범인 좀 잡아줘. 어?"

"여기 진술 조서에 사인하시면 됩니다."

"담당 수사관 입회하에 진술 조서를 작성하였다, 이 밑에 사인하면 되지?"

"네. 이제 돌아가셔도 됩니다. 변경된 사안이 있으면 다시 연락드리겠습니다."

3층의 참고인들을 조사한 후 모두 돌려보냈다. 모든 참고인이 여성이라 조금 더 세밀한 조사를 위해 여성 수사관만 입회한 참고인 조사였다. 나는 수사관이 전달한 녹취 내용을 주욱 훑어보며 깊은 생각에 잠겼다. 남자는 불과 6개월 전에 보험에 가입했고 수익자는 303호에 사는 여자였다. 보험 회사는 최근 벌어지는 보험사기와 관련해 수사 의뢰를 해왔고, 비슷한 패턴의 사건이 여러 건 발생하자 반드시 해결하라는 상부의 압박도 더했다.

참고인들의 진술에 거짓은 없었다. 사건의 실마리가 풀리려다 다시 미궁에 빠졌다. 남자는 303호에 들어가 두 시간도 채 지나지 않아 비틀거리며 나왔다. 그리고 힘겹게 몸을 옮기다 복도에 쓰러져 의식을 잃어 몇 시간 지나지 않아 사망했다. 사인은 소염진통제(NSAIDS) 알레르기. 더 정확히는 기관지 수축에 의한 질식사였다. 부검의는 퉁퉁 부은 남자의 얼굴을 보면 알겠지만 알레르기에 의한 아나필락시스 쇼크(특정 물질에 대해 몸에서 과민 반응을 일으키는 것으로 극소량만 접촉해도 전신에 걸쳐 증상이 발생하는 심각한 알레르기 반응)보다 기관지 수축에 따른 기도폐색으로 사망하는 경우가 더 흔하게 나타난다고 설명했다.

남자의 가족은 보험 수익자가 303호 여자라는 사실을 알고 굳이 수사에 적극적이지 않았다. 그에게서 얻어낼 유산이 없자 끝내는 관계를 부정하며 시신을 인계하려 하지도 않았다.

CCTV 분석 결과 301호는 새벽 4시경 퇴근 후 계속 집에 머물렀다는 것이 확인되었다. 302호는 303호에 들어간 흔적이 없었다. 303호는 3일 전에 멀리 여행을 떠났다. 304호는 지적장애가 있다. 305호, 306호 역시 303호에 들어간 흔적이 없다. 303호에 들어간 사람은 304호뿐. 그마저도 303호의 반려견 사료를 챙겨주러 들어갔다는 말이 맞는다. 303호와 304호의 통화 시간도 10초 내외로 짧았다. 개를 돌봐달라는 부탁도, 돌봐준 것도 사실이다.

304호와 편한 장소에서 더 얘기할 필요가 있어 이윽고 발걸음을 옮겼다. 계단을 걸어 올라가 발소리를 죽여 304호의 문 앞에 당도했다. 최대한 작게 문을 두드렸다. 적막이 흐르더니 문틈을 비집고 304호의 잿빛 얼굴이 보였다.

좋아한다는 케이크를 먼저 내밀었다. 304호는 경찰서에서처럼 긴장된 모습으로 멀뚱히 서 있었다. 들어가도 되냐고 동의를 구하자 슬며시 뒷걸음질 치며 출입할 공간을 내주었다.

참고인들의 진술대로 304호에 거실 형광등이 없었다. 어두운 집에는 수족관에서 뿜어져 나오는 은은한 불빛과 텔레비전 조명이 뒤섞여 흰 벽면이 넘실거렸다. 집 안을 밝히려 암막 커튼과 블라인드를 살짝 열어보니 테라스에 화분이 나란히 줄지어 있었다. 커튼을 쳐도 되냐고 묻자, 304호는 고개만 끄덕였다. 커튼을 확 하고 전부 걷어내자, 유난히 밝은 빛에 눈이 일그러졌다.

자연 채광이 꽤 괜찮은 집이었다.

"다는 안 돼요! 안 돼요! 햇빛은 안 돼요!"

커튼을 완전히 열어젖히자마자 304호가 놀라더니 갑자기 담요를 가져와 수족관 위에 덮었다. 직감으로 야행성 관상어를 지키려는 행동으로 이해했다. 미안하다고 손짓한 후 열린 커튼을 다시 중간쯤 닫았다. 그제야 304호가 안심하는 듯 깊은 숨을 내쉬었다.

"이 아이는 밤에 잘 활동하는구나?"

304호는 숨을 몰아 내쉬며 고개만 끄덕였다.

"긴장 풀어도 돼. 나도 너 같은 친구 있어. 나중에 소개시켜줄게. 너만큼이나 착해."

304호는 멀뚱히 바라보기만 했다.

"케이크는 선물이야."

나는 조각 케이크를 뜯어 일회용 포크와 함께 304호에게 건넸다. 304호는 멀뚱히 쳐다보다 입을 열어 케이크를 한 입 먹었다. 그 모습을 빤히 쳐다보자 304호는 침묵이 어색했는지 먼저 말을 건넸다.

"아저씨, 몇 살이에요?"

"너보다는 많지."

"근데 왜 왔어요?"

잠시 뜸을 들이며 주변을 살피며 말했다.

"물고기 구경하려고. 나도 물고기 좋아해. 어릴 때 바닷가에서 자랐거든. 바다 좋아해?"

"네."

"바다에서 물고기 보면 더 좋잖아. 그치?"

"네."

304호는 입 주변에 생크림을 묻힌 채 고개를 끄덕였다.

"그냥, 네가 물고기 좋아한다고 해서 놀러 왔어. 나도 케이크 좋아하는데 네 생각나서."

"네."

"가끔 나도 물고기 보러 와도 돼? 경찰관이니까 안 무서워해도 돼. 경찰서에서도 잠깐 봤잖아. 경찰 언니랑 얘기했을 때."

경찰 배지를 내밀어 304호의 눈앞에 갖다 댔다.

"텔레비전에서 봤습니다."

"만져보고 싶으면 만져봐도 돼."

304호가 망설이자 배지를 304호의 손에 쥐어줬다.

"나중에 나쁜 사람이 오면 잡아줄게. 경찰관은 나쁜 사람 잡는 사람이잖아. 그치?"

"네."

304호의 옅은 미소에서 작은 안도감이 흘러나왔다.

"저 물고기는 뭐야? 바다에 사는 거 아니야?"

"내가 바다 만들었습니다."

"저 수족관이 바다구나?"

"맞습니다. 진짜 바다처럼 만들었습니다."

"저거 만지면 배가 엄청 커지는 건데. 키운 지 얼마나 됐어?"

"추울 때."

"그래, 겨울이었구나."

짧으면 4개월, 길면 7개월을 키운 복어였다. 혹시 304호가 저 복어를 남자에게 먹인 걸까. 하지만 시간상 절대 할 수 없다. 남 자가 복어를 먹었을 리 없다. 숙련된 조리사도 없다.

"나도 저 물고기 사고 싶었는데, 어디서 파는지 알아?"

"나도 모릅니다."

"왜 몰라?"

"언니가 가르쳐줬는데 까먹었습니다."

"언니? 앞집 언니? 303호?"

"네."

"다른 동네였구나?"

"네."

"언니가 데려다줬어?"

304호는 좌우로 고개를 흔들었다.

"처음 가는 동네도 갈 수 있어?"

"나 바보 아닙니다. 갈 수 있습니다."

"원래 몇 마리 있었어?"

"네 마리."

"근데 왜 세 마리밖에 없어?"

"죽었습니다."

"저 물고기 한 마리만 줄 수 있어?"

304호는 이번에는 더 격하게 고개를 흔들었다. 시선을 다른 곳에 돌리고 몰래 한 마리 꺼내면 되겠지만 강압수사로 비춰지면 나만 곤란해진다. 저런 아이들은 자기가 좋아하는 것을 조금만 건드려도 통제 불능 상태에 빠져버린다. 범죄자라면 목 주변 경동맥을 압박하거나 관절을 꺾겠지만, 그마저도 요즘 같으면 소송 걸리기 딱이다. 연금 보전이 우선이다.

"저번에 만났던 경찰관 언니 알지? 그 언니가 네가 보고 싶어서 올 거야."

잘 구슬리는 건 내 소관이 아니다.

303호를 참고인으로 다시 불렀다. 303호는 자신의 말대로 직업적 소명 따위는 없었다. 대개 사회복지사는 장애인복지관을 회사나 사무실로 표현하지 않는다. 뒷맛이 께름칙한데 그 출처를 도무지 알 수가 없었다. 이번에는 참고인 조사를 했던 수사관과 함께 입회하여 직접 물었다. 모든 표정과 제스처, 고압적인 분위기를 만들어내는 건 초짜 수사관 혼자서는 할 수 없는 영역이었다.

"참고인 조사에 응해주셔서 감사합니다. 지난번은 제가 녹취 형태로만 봤는데, 처음이지요? 혹시 불편하시거나 여경에게 따로 얘기해야 하실 필요가 있다면 여경에게만 따로 말씀하셔도 됩니다."

"됐고, 본론만 빨리 말씀하세요."

"304호와 친하게 지내던데요. CCTV로도 확인했고."

"지난번에도 말씀드렸다시피 자주 놀러갔어요. 횟수는 정확히 기억 안 나지만요."

"304호의 집에 가봤는데 수족관이 많더군요. 화분도 많고 말이죠."

"잘 아시네요. 근데 그게 왜요?"

"단도직입적으로 묻겠습니다. 원래 304호가 복어를 키운 건 아니죠?"

"네, 겨울쯤에 수족관을 한 개 더 만들던데요. 복어도 관상용으로도 키우잖아요."

303호의 눈빛을 살펴도 전혀 미동도 없었다.

—

"검사 결과 나왔습니다."

303호를 조사하던 중 후배 형사가 서류 봉투를 들고 왔다. 남자의 부검 결과 테트로도톡신 성분이 있는지 확인하는 절차였다. 회심의 미소를 지으며 말했다. 이 봉투는 당당하다 못해 뻔뻔한 303호를 꼼짝 못 하게 할 그것. 온몸을 마비시키고 눈동자를 흔들리게 할, 정신을 놓게 만들 전신 마취제, 명백한 증거가 될 봉투였다.

"이게 어떤 건지 아시나요?"

"저야 모르죠."

"복어에 든 맹독 성분 검출표입니다. 테트로도톡신이라는 놈은 청산가리의 1천 배나 되는 맹독이죠."

"그래서요?"

"그래서라니요."

서류 봉투를 열어 찬찬히 응시하며 303호의 얼굴을 번갈아 쳐다보았다. 어려운 의학 전문 용어들을 피해 맨 아래에 눈을 고정했다. 눈빛이 요동쳤다. 다시 봐도 '불검출'이었다.

"그래서 뭐 어쨌다는 거죠? 복어 독이 왜요?"

"아, 아, 그게……."

당황스러운 목소리로 다시 물었다.

"왜 복어를 304호에게 사준 거죠?"

"형사님, 제가 복어를 사준 적이 없어요. 기분 나쁘게 이미 저를 범죄자로 보시는 거 같네요. 정확히 말씀드리면, 저는 작은 복어를 귀여워해요. 예전 다큐멘터리에서 봤거든요. 그래서 304호 집에 갔을 때 수족관을 보면서 혼잣말하듯 말했던 기억은 나요. 관상어 매장에서 복어를 봤는데 수족관이 없어서 못 사서 너무 슬펐어, 라고 했어요. 그게 전부예요. 직접 304호에게 확인해보세요. 제가 사준건지 아닌지."

기분 나쁜 표정으로 쏘아보는 303호를 달래려 해도 쉽지 않았다.

"자꾸 경찰서에서 오라 가라 하면 제가 어떻게 보이겠어요? 제 평판, 형사님이 책임질 수 있어요? 정 궁금한 게 있으면 전화로 해주세요. 애먼 사람 범죄자로 단정 짓지 마시고요."

"참고인일 뿐입니다. 수사상 절차일 뿐이니까 마음에 담아두지는 마세요. 저도 어쩔 수 없는 형사니까요."

"아무리 그래도 이러시면 안 되죠. 저는 3일간 집을 비우고 있었어요. 남자의 집착에 힘들다고 죽으려는 생각은 안 해요. 제 인생 계획 중에 감옥은 없다니까요. 오히려 제가 피해자라는 사실을 잊지 마세요."

303호의 말에 반박하지 못했지만 찜찜한 구석은 지울 수 없었다.

"한 가지 더."

"뭐요?"

303호가 째려보며 말했다.

"CCTV를 보면 303호에 드나드는 남자는 한 명인데 왜 3층 거주민 중 한 사람은 303호의 남자친구가 두 명이라는 말을 했죠? 뭔가 이상하지 않아요?"

"그 남자가 뭐가 중요한데요. 한 명이든 두 명이든."

"중요합니다. 사생활 노출에 대한 염려는 하지 않으셔도 되니 수사를 위해 협조해주시면 감사하겠습니다."

303호는 가방에서 사진을 꺼내 책상 위에 내리쳤다.

"이게 뭐죠?"

"봉사 활동하면서 찍은 사진이잖아요. BMW 3시리즈. 빨간색!"

나는 잠시 머뭇거리며 사진을 살펴봤다.

"아…… 그럼 같은 남자였다는 말이군요."

"그걸 제 입으로 다 얘기해야 되나요? 남자가 원래대로 돌아오기를 바라면서, 예전의 착한 모습을 다른 사람으로 받아들이는 게 저에겐 최선의 방법이었어요. 완전히 다른 남자라고 저를 속여야 안전할 만큼 위험 속에 있었단 말이에요!"

"아, 무슨 말씀인지 알겠습니다."

"수사와 상관없는 얘기를 이렇게까지 하게 해요?"

"저희도 어쩔 수 없이 해야만 하는 일입니다."

"됐어요! 이제 협조할 만큼 다했으니까 더 필요하면 증거를 가지고 오세요. 의심만으로 범죄자 만들지 말고. 아시겠어요?"

303호는 눈을 흘기며 다 들으라는 듯 의자를 세게 밀어 고막 찢는 소리로 화를 대신했다. 바닥에 찢기는 의자 마찰음이 메아리치듯 이어졌다.

단순히 쓰러진 사람을 보고 신고한 306호 아주머니의 전화와 증거 없는 보험 회사의 단순한 수사 의뢰는 더 이상 수사력을 모을 수 없게 했다. 정황은 약하고 증거는 없다. 만약 가족의 신고, 처벌 의지, 수사 자료, 적극적인 수사 협조가 있었다면 상황은 달랐을 것이다. 이 동네에서 이 정도의 사건은 흔치 않아도 간혹 있었다. 어쩌면 그저 지병 있는 남자가 쓰러져 사경을 헤매다 죽은 것 그 이상도 이하도 아닐 수 있다. 드물지만 사망보험을 들고 6개월 만에 죽을 수도 있다.

그 와중에 동네에서는 다단계 경제범죄와 사이비 종교가 결합된 범죄가 들끓었다. 다단계와 사이비의 공통점은 경제적으로 어려운 사람, 절대자에게 몸과 머리를 의탁해버리는 데서 편안함을 찾는 노예 근성이 있는 사람, 한탕 치거나 소외된 자들을 좋아한다는 것이다.

동네에서 가장 성행하는 업종은 영세 자영업, 다단계, 종교, 각종 알선업이다. 외국인 노동자를 비롯해 불법을 넘나들며 유무형의 자산이 될 만한 것들을 알선하며 수수료를 챙긴다. 가장 유망 업종은 장례업이었다. 이 모든 교집합, 접점을 이루는 곳이 내 관할구역이었다. 그렇게 다시 뉴스의 전면에 등장했다. 펜대를 굴려서 경찰서 사람을 환장하게 만드는 기자들도, 범죄자들도 골치 아프다. 모든 수사력은 대규모 다단계와 사이비가 결합된 수사에 집중됐다. 이런 사건에서는 부서간 경계도 허물어진다. 강력계가 어떻게 하냐는 물음에도 일단 강력하게 하라는 핀잔만 돌아왔다. 303호 사건은 어둡고 캄캄한 캐비닛 안으로 들어갔다.

내사 종결.

2부

독백

301호 **[302호]** 303호

306호 305호 304호

건물에는 음습하고 흉흉한 소문이 나돌았다. 진원지는 306호
였다. 남자가 죽은 후 무서웠는지 누군가와 계속 통화를 하며
3층 복도를 청소했다. 반복되는 노랫말이 문틈으로 들어왔다.
가만히 들어보면 명복을 비는 것이 아닌 자신의 안위를 바라는
노랫말이었다.

    내가 사망의 음침한 골짜기로 다닐지라도

    해를 두려워하지 않을 것은

    주께서 나와 함께하심이라

    주의 지팡이와 막대기가 나를 안위하시나이다.

하루는 303호가 남자를 죽였다. 또 하루는 남자가 섹스에 중독돼 죽었다. 남자가 303호의 집에서 자살하려다가 마음이 바뀌어 병원으로 가던 도중에 계단에서 쓰러져 죽었다. 306호의 머리에서 남자는 다양하게 죽었다. 자살하면 천국에 못 간다는 말을 하면서 죽은 사람마저도 험담의 대상으로 삼았다.

남자는 결국 죽었고 사건은 흐지부지됐다. 되돌릴 수 없는 사실이다. 남자가 죽은 것은 소문이 아니라 형사에게 들은 이야기다. 303호가 없을 때 그 집을 드나들었던 304호에게 사건 해결의 실마리가 있는 것은 분명했다. 그렇다면 왜 303호에 드나드는 남자를 죽였을까, 죽이려는 의도가 무엇이었을까? 아니 죽인 것은 맞나? 모든 게 궁금해 미칠 지경이었다. 내가 가진 정보는 얼마 없고 나는 형사도 아니다, 궁금해할 필요도 없다는 마음을 억누르려 해도 쉽지 않았다. 제한된 정보로 판단하기엔 무리다. 전체를 보기 전에 판단하는 것은 어리석은 자의 전유물이었다.

이 집도 2년의 계약 기간 중 4개월이 남았다. 차곡차곡 돈을 모았다. 문득 남들이 보면 내가 은둔형 외톨이처럼 보였을지도 모른다는 생각이 들었다. 두문불출하며 열심히 살아온 대가는 비교적 만족스러웠다. 원하는 만큼의 돈도 커리어도 쌓았다. 여전히 파도 소리, 바람에 흔들리는 풀 소리, 기차 소리를 백색소음으로 틀어놓고 일한다. 이 집이 곧 바다고 산이고 자연이다.

시간이 지나면서 망각이 가져다준 안정을 다시 누렸다.

303호와 304호는 여전히 집을 드나든다. 사회복지사로서의 사명감일까. 좋은 사람임에 분명하다. 가끔씩 304호에서 흘러나오는 그녀들의 웃음소리도 즐겁다. 남자가 계단에서 쓰러지긴 했지만 그래도 복도에서 죽은 것은 아니라는 자기합리화는 잘 먹혀들었다. 시간이 지나자 무섭지 않았다. 처음엔 엘리베이터를 수리하느라 계단을 이용할 땐, 남자가 쓰러졌다는 계단을 몇 계단씩 건너뛰어 넘어갔다. 그곳이 정확히 어딘지도 모른 채. 그래서 가급적 계단을 피해, 엘리베이터를 타고 1층과 3층을 오간다. 무섭지는 않아도 찜찜한 건 어쩔 수 없다.

—

304호에 드나들던 형사의 발자국 소리는 이제 들리지 않는다. 사건이 흐지부지 끝난 것일까. 형사의 발자국 소리를 들은 지도 2주가 넘었다. 연애 초반 남자의 적극적인 모습에서 점점 권태를 느끼는 오래된 커플 같았다. 아니, 이젠 헤어졌나 보다.

형사의 발걸음이 사라지자, 남자는 지병으로 쓰러진 것에 불과하다는 생각이 확고해졌다. 모든 것은 완벽히 제자리로 돌아왔다. 동네 특유의 소음도 이제 자연의 일부로 받아들였다.

디자인 외주 일은 언제나 즐겁다. 여러 개의 시안을 만들어 마음에 드는 것을 선택하게 하고, 또 수정이 필요한 부분은 수정하면 된다. 웹사이트의 상세 페이지를 디자인하고, 요즘은 스마트폰 애플리케이션의 디자인을 맡기도 한다. 새로운 디자인 작업을 처음엔 망설였지만 지금은 노하우가 생겨 속도가 붙었다. 한 사람이 두 사람을 소개시켜주고, 두 사람이 네 사람을 소개시켜줘 밀려드는 일거리를 거절해야 하는 상황에 이르렀다.

내가 맡아서 작업한 애플리케이션이 인기를 끌면서 자연히 내 몸값도 올라갔다. 이 디자인은 포트폴리오의 가장 첫 페이지를 장식하게 되었고, 이젠 내가 하고 싶지 않은 작업은 거절하고 좋아하는 일만 할 수도 있게 되었다. 막연히 좋은 집으로 이사 갈 수 있겠다는 생각에서, 지금은 미리 집을 알아보고 있을 정도다.

1년 8개월을 거의 집에서만 보냈다. 유령처럼 조용히, 그리고 열심히 살았다. 수입도 처음 이사 올 때보다 훨씬 늘었다. 처음보다 세 배가 넘는 수입에 만족했고 저축액도 늘어났다. 들뜬 기분으로 일하니 여러 소음도 신경 쓰이지 않는다. 수면유도제를 먹을 일도 없다. 이 기분을 누군가와 나누고만 싶어 3층의 다른 집 문이라도 두들겨볼까 생각했다. 하지만 다시 후회할 게 뻔하다. 기쁘고 희망찬 기분을 누군가에게 자랑하고 싶지만 여기서는 자랑할 수 있는 사람이 없다.

지금 오빠에게 전화가 오면 내 마음을 들킬 것이 분명했다. 목소리 톤은 높아지고 입에서 나오는 문장에 멜로디가 붙을 정도였다. 이제는 콧소리를 내며 흥얼거리면서 일한다. 언젠가부터 집중하는 데 좋은 백색소음마저도 틀어놓지 않았다. 파도 소리, 기차 소리보다 내 입에서 나오는 멜로디가 더 좋았다.

—

아버지가 돌아가시면서 오빠와의 연락도 드문드문 이어졌다. 가끔 안부를 묻는 정도에 지나지 않았다. 오빠는 얼마 되지 않는 유산을 7대 3의 비율로 나에게 나눠줬다. 30퍼센트여도 내 연봉 정도는 되니 그마저도 고맙다고 했다.

오빠는 처자식이 있어 굳이 왈가왈부하지 않고 받아들였다. 이후 사업을 하겠다며 이리저리 돈을 끌어다 쓴 것까지는 아는데 그 이후 장사가 잘되는지 물어볼 용기는 나지 않았다. 새언니와 아이 둘을 챙기려면 열심히 벌어야 할 텐데 요즘은 그런 경제적인 사정을 묻는 게 민망한 일이 돼버렸다.

가끔 나에게 부탁할 게 생기면 어린 조카들의 사진을 보내온다. 주로 돈 문제다. 내 선의를 이용하려는 오빠의 마수에 넘어갈 수 없었다. 그렇지만 최소한의 도리는 하고 있다. 직접 만나지는 않고 계좌로 조금씩 보냈다. 내 형편이 조금 나아지나 싶은 눈치가 보일 때 오빠는 다정하게 안부를 물을 것이고, 그렇지 않으면 내 안위 따위는 안중에 없을 게 분명하다. 내 수중에는 항상 돈이 없어야 한다. 오빠의 앓는 소리에 당해낼 재간이 없다.

어제는 새언니에게 연락이 왔다. 오빠 전화였다면 안 받았을 테지만 새언니의 전화는 받지 않을 수 없었다. 친하면 친하고 어렵다면 어려운 사이에 새언니는 결코 나에게 힘든 내색을 하지 않는 사람이었다.

새언니 대화의 주제는 주로 조카였다. 의미 없는 일상 이야기와 안부를 묻다가 조카를 바꿔주는 바람에 조카와 통화를 하는 식이었다. 어리고 덜 여문 목소리로 어른의 말을 했다. 곧 있으면 새로운 학기가 시작되는데 예쁜 옷 입고, 가방 메고 고모랑 놀러 가고 싶다는 말.

이곳에 이사 오면서 조카의 얼굴을 보지 못했다는 사실이 떠올랐다. 오랜만에 꼭 조카들을 봐야겠다고 생각했다. 다음 말이 나오기 전까지.

"고모, 고모! 발레 배우고 싶은데 엄마가 안 보내줘요! 고모가 엄마한테 말 좀 해줘요! 제발요!"

발레를 배우고 싶은데 엄마가 안 보내준다는 조카의 말은 새언니의 말이었다. 그래도 모른 척, 조카의 발레 비용이 얼마냐고 되물었고 조카는 그다지 기뻐하지 않는 목소리로 고맙다고 말했다. 차라리 인형을 사주었다면 카랑카랑한 목소리가 휴대폰 너머로 울렸을 텐데, 하는 아쉬운 마음이었다.

발레 학원비 수강료와 발레복 비용이 아깝지는 않았다. 하지만 이럴 때만 연락하는 오빠와 새언니에 대한 서운함은 어쩔 수 없었다.

"남자친구 사귀어야죠? 전 남자친구가 애들한테도 잘했잖아요. 그분은 잘 지낸대요? 우리 함께 여행도 갔잖아요. 새 남자친구는 안 만들어요? 결혼도 해야죠."

새언니는 목적 달성 후 전화를 끊고 싶을 때면 내가 싫어하는 얘기를 거침없이 꺼낸다. 내가 서둘러 끊으려는 것을 아는 눈치 빠른 여자다. 그렇지만 가족이니 원망할 수도 없다. 그럴 때면 남자친구와 오빠 가족과 함께 여행하며 찍은 사진들을 보며 위로했다. 당시 사귀던 남자친구의 얼굴을 오려내서 거슬리지만, 가장 최근의 가족사진이라서 어쩔 수 없다. 초점이 나간 흐릿한 사진. 언젠가부터 오빠에 대한 기억은 함께 여행 간 날에서 멈춰져 있었다. 새로운 기억도 없다. 과거를 붙들고 가족을 그리워하는 내가 한심했다. 오빠네 가족들은 나를 진심으로 그리워하기나 할까. 나도 이참에 가족이라는 것을 만들어볼까. 새언니 말처럼 새로운 남자를 만나서 가정을 꾸려볼까.

[3 0 1 호]　3 0 2 호　　3 0 3 호

3 0 6 호　　3 0 5 호　　3 0 4 호

302호에서 오랜만에 여자의 목소리가 들렸다. 큰 목소리로 감사하다는 말을 대여섯 번 반복했다. 뭐가 감사한 걸까, 목소리만으로 어떤 상황인지 알 수가 없다. 어쨌든 그렇게 기뻐하는 목소리라면 상대방도 기분이 좋을 것이다. 기쁜 기운은 귀신보다, 바이러스보다 강하다. 이 동네에서 들리는 웃음소리는 흔치않아 더 귀하다.

그런데 얼마 지나지 않아 이번에는 우는 소리가 들렸다. 어찌나 서럽게 울던지 옆집 문을 두드릴 뻔했다. 이런 상황에서 나를 찾아온다면 모든 정성을 다해 302호의 마음을 위로해주었을 것이다. 302호의 문이 열리면 우연을 가장해 도와주겠다는 마음을 먹었다.

다음 날, 이른 아침에 302호에서 분주한 소리가 들렸다. 분명히 외출하는, 흔치 않은 소리였다. 서둘러 옷을 입고 문 앞에 서서 302호가 문을 열기만을 기다렸다. 잠시 후, 문이 여닫히는 소리까지 들렸다. 서너 발자국 소리가 들리자 나도 문을 열었다. 장바구니를 들고 움찔하던 302호를 문 앞에서 마주치고 나는 반갑게 인사했다. 아, 예, 하며 쭈뼛거리는 302호의 표정을 무시한 채 붙은 영이 있는지 확인하려고 멀뚱히 쳐다봤다.

머리와 어깨, 목을 차례로 응시하며 주변을 살피는데 표정이 일그러지더니 몸을 돌려 다시 302호로 들어가버렸다. 그 사이에 등에 매달린 귀신을 봤다. 조금 더 과감하게 대면해야 하나. 빈 장바구니를 들고 나왔다가 다시 집에 들어가버린 302호를 보며 승부욕이 타오른다. 적극적인 치료가 필요하다.

—

오늘도 지친 영혼들이 많이 찾아왔다. 다친 영혼들은 정신과 의사 앞에서조차 거짓말을 늘어놓는다는 것을 알고 비대면 상담 창구도 개설했다. SNS와 이메일 상담은 상담자들이 더 진실한 내면 탐구를 하는 데 도움이 되었다. 수입은 내가 들인 공에 정비례하지 않았지만 나는 가난한 청춘들을 위해 상담료도 더 낮췄다. 인근의 몇 개 되지 않는 신당 중에서도 가장 저렴한 비용이다. 정말 힘에 부칠 때 부담 없이 점을 봐주고 얘기를 나눌 수 있게 했다. 이것이 이들을 돕기 위해 내가 할 수 있는 최선이었다.

— 분노를 동력으로 움직이면 안 됩니다. 그건 불난 기차와 같습니다. 행선지는 지옥입니다.

— 모든 순간은 지나갑니다. 그리고 잊혀집니다. 제 말이 거짓말 같다면 한 달 뒤에 다시 찾아오세요. 만약 그때도 똑같은 문제로 힘들어한다면 나는 바로 이 자리를 떠나고 영매로서의 일도 접겠습니다. 시간을 무시하지 마세요. 시간은 기억을 실어서 뒤로 보냅니다.

나쁜 건 빨리 시간에 태워 보내고 좋은 것만 남기세요. 행복은 움직이는 기차, 그러니까 현재에 있는 것이지 행선지 끝에 있는 게 아닙니다. 행선지 끝은 죽음입니다. 살아서 행복하세요.

— '뭐 그럴 수도 있지'라는 마음이 중요합니다. 단, 주의해야 합니다. 마음속으로만 생각해야지 다른 사람에게 말해서는 안 됩니다. 마음속에서는 좋은 약이 되지만 입 밖으로 나오면 독이 되어 남을 해칩니다.

―지금까지 그 고통을 견디고도 살아왔잖아요. 그런데 왜? 죽을 거라면 조금만 기다렸다가 죽어도 늦지 않습니다. 내성이 생길 시간도 안 주면 억울하잖아요.

―사람으로 태어나는 것은 어려운 일입니다. 수많은 종에서 사람으로 태어나는 것만으로도 축복입니다. 자살은 자연의 흐름을 깨는 중죄입니다. 다음 생에도 사람으로 태어난다는 보장은 없습니다. 귀신이 되어 지옥을 떠돌거나 하찮은 미물로 태어나거나, 둘 중의 하나입니다.

자연을 거스르지 마세요. 친구 같아서 하는 말이니 부디 죽으려거든 슬퍼할 사람들이 단 한 사람도 남아 있지 않을 때 죽어요. 그때는 나도 안 말립니다. 지금 죽어버리면 나도 슬프니까.

―후회의 다른 이름은 과거, 걱정의 다른 이름은 미래입니다. 과거와 미래의 마음은 내 마음이 아닙니다. 마음이라는 건 다섯 살 어린아이의 변덕처럼 언제나 쉽게 변합니다. 무슨 수를 써도 이미 지나간 일은 결코 바꿀 수 없습니다. 마치 어제 내 뺨을 스쳐간 바람을 찾는 것처럼 무의미합니다. 일어나지 않은 내일의 일도 마찬가지지요.

─자, 잘 잊혀지지 않는 부끄러운 기억이 있다면 노트에 적어보세요. 누가 볼 것도 아니니 잘 쓸 필요는 없습니다. 가볍게 쓰세요. 사람의 뇌는 신기하게도 메모한 것은 잊어버려도 괜찮다고 인식합니다. 부끄러운 기억들을 종이에 쓰면 뇌를 속일 수 있습니다. 스스로 속이는 건 아무 죄가 되지 않습니다. 남을 속이는 게 죄가 되지요.

─나랑 동갑이구나. 반말로 할게, 친구야. 내일 당장 시간 내서 순천만에 가봐. 거기 가면 큰 S자 모양으로 흐르는 물줄기를 볼 수 있어. 신기하지 않아? 직선으로 가면 될 텐데 왜 큰 S자를 그리면서 멀리 돌아갈까. 자연은 이미 알고 있는 거야. 가장 빠른 길이 곧 옳은 길이 아니라는 것을. 순리를 따라야지. 역행하면 안 돼. 각자의 시간이 있는데 늦고 빠르고는 의미가 없어. 네 시간을 존중해줘.

가서 갈대가 흔들리는 소리를 들어봐. 이 세상의 모든 생명은 흔들리게 설계돼 있어. 흔들리지 않는 것은 어디에도 없어. 잘 흔들려야 구조적인 안정감을 갖는 법이야. 지진을 이겨내는 것도 흔들리는 건물이지 단단하기만 한 건물이 아니야. 네 몸도 마음도 원래부터 잘 흔들리게 돼 있으니까 그렇게 낳아준 어머니에게 감사하면서 재미있게 춤추면서 살아.

─ 도전하는 건 원래 그런 것이다. 길을 만들면서 가니 속도가 느리다. 하지만 잔가지를 치면서 조금씩 나아갈 때, 눈앞의 새로움은 모두 너의 것이다.

새로운 도전은 원래 고된 길이다. 체력과 마음을 가다듬으면서 쉬는 것이 전진하는 것만큼 중요하다. 어느덧 뒤돌아보면 네가 만들었던 흐릿한 길은 다른 사람에게는 이정표가 된다. 그러니 넌 이미 성공의 길을 걷는 것이다.

─ 꼭 사랑받으면서 살아야 하나요? 만인의 연인이 되고 싶으신가 보죠? 안타깝지만 당신 팔자는 연예인 팔자가 아닙니다. 사랑을 받지 못하는 게 왜 슬픈지 생각해보세요. 사랑 안에는 가시도 있습니다. 먼저 가시를 떼고 사랑을 주는 쪽을 택하세요. 그게 빠른 길입니다.

─ 이별에 익숙해져야지요. 앞으로도 이별의 연속일 텐데 그때마다 저를 찾아오시려고? 아마 모든 형태의 이별이 익숙해지기 전에 죽음을 맞이하겠지요.

이별할 때마다 마음에 담으세요. 그리고 잊지 말고 꺼내서 생각하세요. 그러면 이별이 아닙니다. 눈에 안 보이는 게 이별이 아니에요. 잊는 순간 이별이에요.

오늘은 연애운을 보러 온 영혼들이 여럿이었다. 내가 연애운을 본다는 것이 민망하고 부끄럽다. 그저 상식에 입각해 아는 대로만 말했더니 수긍하는 표정으로 나갔다. 사랑은 어렵다. 나 같은 무당도 어찌할 바 모른다.

301호   302호   [303호]
306호   305호   304호

보험 회사와 형사는 나를 의심하는 것 같았다. 경찰서에 오가는 모습을 재수 없게 누군가가 보기라도 한다면 얼마나 창피할지 얼굴이 화끈거렸다. 한 치의 거짓 없이 사실대로 말했다. 나를 의심하는 형사의 질문과 눈빛이 너무 불쾌했다. 그래서 거짓말 탐지기 조사를 해달라고 먼저 요청했다. 만약 재판을 받는다고 해도 법정에서 증거로 인정되지 않겠지만 난 떳떳하기에 끝까지 요구했다. 내 줄기찬 요구에 형사도 마지못해 수락했다.

이윽고 거짓말 탐지기를 다루는 직원과 형사가 들어와 팔뚝과 손가락에 이것저것 설치하더니 기초적인 질문을 했다. '당신은 남자입니까, 여자입니까'라는 단순한 질문으로 보통의 심박수를 측정하는 듯했다.

'오늘은 무엇을 타고 왔습니까', '당신의 주소는 어디입니까', '당신은 몇 살입니까' 등의 기초적인 질문이 오간 후 진짜 형사가 묻고 싶은 질문을 했다. 나는 초지일관 같은 자세와 톤으로 대답했다. 특히 남자와 관련된 질문을 할 때는 심박수 그래프를 더 유심히 쳐다보는 듯했지만 내 심박수가 변함없다는 건 내가 먼저 알았다. 거짓말 탐지기 조사는 맥없이 끝났다. 나는 결코 거짓말 같은 건 하지 않았고 기계도 인정했다.

남자와 헤어지고 싶은 구실을 찾은 건 맞지만 나는 남자를 죽이지 않았다. 복어의 독을 이용해 죽였다고 의심하다니, 황당하고 어이없었다.

5년을 만난 사람이 죽는 건 안타깝고 무서운 일이었다. 그의 장례는 없었다. 무연고자의 장례식을 도와주는 봉사자들과 장례식장 직원들 몇 명만 자리를 지켰다. 남자의 가족이 시신을 인도하지 않아 시립병원 화장장의 무연고자가 모여 있는 납골당 창고로 들어갔다. 이마저도 시간이 지나면 폐기처분 된다고 말해줬다. 나는 진심으로 그의 명복을 빌었다.

이사는 하지 않았다. 계약 기간도 아직 남아 있다. 아마 내 집에서 남자가 쓰러졌다면 당장 집을 구해 나갔을 테지만.

여느 때와 같은 일상의 연속이다. 다정한 남자와의 이별은 아쉽다. 내 몸짓과 표정 하나하나에 집중해주는 것은 즐거운 일이었다. 아쉽지만 후회는 없다. 남자야 다시 고르면 그만이다. 어차피 선택권은 나에게 있다.

—

사회복지사로서 304호를 방문하는 날이었다. 별다를 게 없다. 낮에는 암막커튼을 치지 않는다는 것만 제외하면 말이다. 비타민D 합성을 위해 낮엔 자연광을 얼굴에 쬐라고 말했더니 잘 지킨다. 너무 착하다.

성인병이 걱정돼 차, 채소, 과일을 많이 먹으라고 일러줬지만 집 안에는 과자가 나뒹굴었다. 관내 지적장애인 중 가장 사회생활을 잘할 수 있는 아이지만 아무래도 가난한 형편이 아니다 보니 일은 하지 않는다. 일을 통해 자아실현을 하는 것이 매슬로의 욕구단계 이론 중에서 가장 높다고 말해봤자 304호는 이해를 할 수가 없을 것이다. 그냥 멍해지는 표정이 보고 싶어서 장난을 쳤다. 알아듣지 못하는 말을 할 때 304호는 이상한 표정을 짓는데 그게 꽤나 웃겼다. 이럴 때 아니면 언제 웃나. 내가 웃자 304호도 따라 웃었다. 내 표정을 곧잘 따라한다.

사적, 공적 관계가 형성되자 304호는 점점 내 사생활을 침범해왔다. 이래서 내가 아동복지센터에서 일하고 싶었던 것인데, 머리가 굵어지면 더 친해지지 못해서 안달이다. 점점 성에 눈을 뜨는가 싶더니 나에게 기초적인 성생활을 묻기 시작했다. 나는 별생각 없이, 가끔 내 집에서 나오는 소리가 신음이 아니라 행복해서 나오는 소리라고 말했다.

더 캐묻기 전에 생활하는 데 필요한 건 없는지 공적인 질문을 던졌다. 304호의 대답을 듣는 둥 마는 둥 하며 가만히 고개를 돌려 집을 둘러보니, 밝은 대낮의 집은 평소와 달랐다. 테라스의 화분들도 보기 좋았다. 활짝 핀 꽃나무와 아직 어린 묘목이 생물 교과서에 나오는 꽃의 성장 과정을 시간의 순서대로 보는 것 같았다. 다른 꽃나무는 테라스에 있지만 작은 묘목 화분은 실내에 있었다. 꽃을 애지중지하며 조심스레 다루는 것이 기특했다.

사회복지사로서 방문하는 집이 304호처럼 잘 꾸며져 있는 경우는 드물다. 인테리어는 고사하고 냄새 나는 잡동사니 저장소라고 불리는 게 적당할 정도로 꾸밈과는 거리가 먼 집들이다. 그래도 304호의 엄마라는 사람은 최소한의 죄책감을 가지고 있구나, 하고 생각했다. 다른 가정을 이뤘으면서도 아픈 자식을 위해 하나라도 더 해주려는 지극한 모성애에 순간 박수를 칠 뻔했다.

[3 0 1 호]　　3 0 2 호　　3 0 3 호

3 0 6 호　　3 0 5 호　　3 0 4 호

　　고독하고 힘에 겨운 불쌍한 청춘들이 많은 탓에 수요가 많아
졌다. 그저 누군가의 따뜻한 한마디가 그리웠던 것일까, 진짜 미
래를 보고 싶었던 것일까. 나와 같은 또래들의 고민이 마음 아프
다. 내가 해줄 수 있는 처방이라고는 부적 따위도 아니고 현실에
충실하라는 말밖에 없다.

　　— 길을 가다가 넘어진 아이가 있다면 그 아이를 혼낼 것인
지, 당장 달려가서 일으킬 것인지 생각해보세요. 내 앞에서 넘어
져 우는 아이가 있다면 옷에 묻은 먼지를 털고 일으켜줘야 합니
다. 어린아이든 자신이든. '괜찮아'라는 말 한마디면 됩니다.

159

─완벽하지 못한 나를 보면 혼내지 말고 다독이고 용서해 주세요. 갓난아이가 실수로 컵을 넘어뜨린다고 혼낼 건 아니지요? 완벽한 것은 어디에도 없습니다. 우리는 조물주도 아니고 신도 아닙니다. 계속 넘어져 있으면 누군가 등을 밟고 지나가게 될 겁니다. 엎드린 모습을 보이지 마세요.

─실패한 사람들의 조언을 듣지 마세요. 그들은 하지 말라고만 할 겁니다. 실패자들의 특징은 시야가 좁고 말이 많습니다. 혹시나 어쭙잖은 조언으로 당신을 바닥으로 끌어내리려는 자가 있거든 연을 끊어야 합니다. 물귀신보다 무서운 것이 그런 작자들입니다. 바닥으로 끌어내려야만 직성이 풀리는 귀신입니다.

성공한 사람들의 조언을 들으세요. 성공한 사람의 조언은 어디서든 쉽게 접할 수 있습니다. 재미있는 것은 그 조언은 대개 비슷합니다. 도전해보라고 말할 겁니다. 성공의 길은 비슷하고 실패의 길은 볼품없는 샛길, 핑계라는 잡초만 가득합니다.

─꽃이라는 것은 저마다 피는 시기가 다릅니다. 조금 늦으면 어떻습니까. 봄이든 가을이든 꽃은 피고 집니다.

─여유를 가지세요. 죽음을 앞둔 노인들이 공통적으로 하는 말이 있습니다. 너무 아등바등 살지 말고 주변을 돌아보면서 살라고 합니다. 지금이 아니면 돌아오지 않을 수 있습니다.

─마음껏 우세요. 괜찮습니다. 운다고 해결되는 일은 하나도 없지만 해결할 수 있는 힘은 조금씩 솟아날 겁니다. 우는 것은 자신을 씻어내는 일입니다. 잘 닦아주고 말려서 새 옷으로 갈아입으세요. 실컷 울고 맛있는 음식으로 위장을 행복하게 해주세요. 뇌와 위장은 긴밀히 연결돼 있습니다.

─고개를 숙이지 말거라. 당당함은 목에서 나오는 법이란다. 널 그렇게 만든 것은 주변 환경이니 절대 자책하지 말거라. 네 책임은 없다. 네 중심을 뒤흔드는 주변의 것들이 문제다. 없는 죄를 뒤집어써 자책하는 것은 죄가 된다. 자신을 해하면서 애써 불필요한 죄를 만들지 말거라.

─빡빡하게 살지 마. 촘촘한 계획 세워서 그대로 된 적이나 있었어? 네가 여기를 나가서 10분 후에 누구를 우연히 만날지 짐작할 수 없을 거야. 예전에 사귀던 사람을 만날 수 있고, 오래전 친구를 만날 수도 있는 게 인생이야. 어디서 주제넘게 계획을 세워! 신의 영역을 침범해놓고 계획대로 못 사는 걸 한

탄하면 안 돼. 시간이라는 것은 우주의 시작과 함께 공간이 카펫처럼 쫙 펼쳐져 있어. 인간의 눈에는 현재만 보이지만 과거와 현재와 미래는 이미 존재하는 것이야. 계획 같은 거 너무 촘촘하게 세우지 마. 너만 힘들어. 완벽한 계획표를 보며 위안을 얻겠다면 차라리 운동을 하렴. 네 몸과 마음을 단련하면서 묵묵히 나가면 계획이 네 뒤를 따라올 거야.

—너무 고민에 빠져들 필요 없습니다. 당신의 시간에 고민이 녹아 있다면 시간이 지날수록 독성이 생깁니다. 고민하고 걱정하는 일은 생각보다 실제로 잘 일어나지 않습니다. 일어난다고 해도 그만입니다. 일이 벌어졌다면 그때 수습하세요.

지나치게 고민하면 시간은 결국 네 것이 아니라고 빼앗아갑니다. 시간에 자비란 없습니다. 100퍼센트를 채우지 말고 절반을 조금 넘게만 채우세요. 너무 무거우면 움직이기 힘듭니다. 60퍼센트만 채워서 쟁취하세요.

—먹이를 사냥을 할 때 먹잇감을 가만히 지켜보고만 있으면 흘러가는 시간에 비례해 제어해야 할 변수만 많아집니다. 시간은 기다리는 게 아닙니다. 지금 바로 시작하세요. 새로 시작하면 이미 절반은 와 있는 놀라운 체험을 하게 될 겁니다. 나머지는 처음 시작한 힘에 이끌려가게 됩니다. 그게 바로 관

성의 법칙입니다. 자연은 거짓말을 하지 않습니다. 나 말고 자연의 법칙을 믿고 움직이세요.

— 당장 내일 아침에 일어나면 창문을 열어 환기부터 시키세요. 이불을 개고 깨끗하게 씻고 말끔하게 옷을 차려 입으세요. 약속이 없어도 그렇게 하세요. 변화는 편하지 않습니다. 고인 물은 잔잔하고 평온해 보이지만 결국 썩을 운명입니다. 지금 내가 말하는 작은 변화도 실천하기 어렵다면 똑같은 삶이 계속될 수밖에 없습니다. 변화 없이 나를 또 찾아온다면 오늘과 같은 말을 해줄 수밖에 없습니다.

나와 같은 청춘들에게 위안이 되기 위해서는 깊은 신뢰가 있어야 하고 세밀한 심리 분석이 필요기도 하다. 오직 점을 보는 것에만 그쳐서는 안 된다. 내담자의 성향에 따라 말의 속도와 톤을 조절하고 표정을 달리한다. 인간을 탐구해야 하는 것이 내 일이고 사명이다. 그런 탐구에 근거해 때로는 점쟁이처럼, 무서운 선생님처럼, 철학자처럼, 스님처럼, 목사님처럼 말하기도 한다. 크게 분류한 후 범위를 좁혀 나가면서 외과수술식으로 마음의 염증을 제거한다.

어지러운 공황의 시대에 여기저기 깨지고 다친 영혼들이 더 많아졌다. 어두운 벽을 더듬어 우회로로 빠진 운 좋은 영혼들은 소수다. 대부분은 어두운 터널에 갇혀 어디로 갈지 모른다.

시대를 관통하는 터널 끝의 빛이 될 사회 공통의 이상향 같은 건 없다. 청춘들은 큰 부자가 될 거라는 기대도 가지지 않은 지 오래다. 아주 작고 사소한 것들을 쟁취하고 싶어 한다. 안정된 생활을 가능케 하는 작은 집, 아플 때 제대로 된 의료서비스를 받을 수 있는 보험, 가끔씩 가는 여행, 매주 한 번 정도의 외식, 그리고 가슴 뛰는 사랑.

청춘이 희생하는 노력과 위험에 비해 얻으려는 가치는 부끄러울 만큼 소박하다. 나약한 세대. 세상에 던질 게 냉소뿐인 세대. 저항할 무기 없이 동족 포식으로 연명하는 세대. 당장 먼 미래보다 배고픔과 영역을 지키는 것에 힘을 쏟아붓는 약육강식의 세대. 짐승의 세대. 불이익의 무게가 불의보다 무겁고 큰 세대.

가장 무서운 것은 언어적 표현마저도 가난해진다는 점이다. 다채로운 표현은 점차 색을 잃어가고, 특정 유행 단어와 몇 개의 욕설로 감정을 표현한다. 새로운 흐름에 맞는 표현들이 필요하지만 언어는 정체돼 있다. 다른 동네보다 느린 시차를 가진 곳이 돼버렸다. 단어가 가난해지면 생각도 좁아진다. 결국 디딜 곳이 좁아진다.

—

엊그제 나를 찾아왔던 남자가 죽었다는 소식을 들었다. 이미 손목에 날카로운 상처들이 여럿 보였던 남자다. 경찰은 신당에 찾아와 그 남자가 무슨 상담을 했냐고 물었다. 자살하면 무간 지옥에 빠진다는 상담을 했다고 말했다.

나는 분명 최선을 다해 자살이 얼마나 무서운 것인지 겁을 줬다. 사내의 두려워하는 표정에 나는 안도했다. 그런데 그 겁을 뛰어넘는 공포가 젊은 사내를 집어삼켰다. 무섭고 슬프다. 그는 곧 귀신의 모습으로 보일 테다.

무한한 경쟁에서 도태된 사람이 선택하는 것이 죽음이 아니라 다른 일에 다시 도전할 수 있는 환경이어야 한다고 덧붙이려다가 말았다. 어쩌면 사람의 문제가 아니라 시스템의 부재가 낳은 비극, 시대의 탓이다. 고작 무당 한 명이, 경찰 한 명이 바꿀 수 있는 게 아니다.

—

눈이 점점 흐려진다. 영이 혼탁해지는 것일까, 터가 안 좋은 것일까. 간혹 진정한 악이 있을 때 귀신들이 도망가기도 한다. 귀신조차도 서늘하고 두렵게 만드는 살아 있는 악은 어쩌면 이

사회의 냉혹한 분위기 아닐까.

오늘도 소리 없는 앰뷸런스가 비상 조명만 밝히며 지나갔다. 벼랑의 끝에서 떨어진, 시스템이 밀어버린 불쌍한 영혼들을 생각하면 가슴이 찢기고 억눌려 피멍울이 질 것만 같다.

같은 시대를 사는, 같은 신경통을 앓는 영혼들을 위해 내가 할 수 있는 것은 많지 않다. 동네의 귀신들처럼 무기력에 빠져드는 것만 같다. 어쩌면 나 역시도 시스템의 구동을 늦추는 불필요한 바이러스 같은 존재가 아닐까.

301호　　302호　　303호

306호　[305호]　304호

304호에 누군가 들어갔다. 목소리로 보아 중년 여자 같은데 흐느껴 우는 소리가 들렸다. 누구일까 궁금해 서둘러 외출 준비를 마치고 문 앞에 서서 304호의 문이 열리기만을 기다렸다. 오래 지나지 않아 304호의 문이 열렸다. 304호의 끼이이익 문 여는 소리에 맞춰 나도 서둘러 나섰다. 복도에서 마주친 중년 여성은 나를 보고 흠칫 놀라더니 이내 시선을 돌렸다.

부티 나는 옷차림이었다. 손목과 목에 비싼 시계와 액세서리가 눈에 띄었다. 나는 함께 1층으로 내려가 구석진 건물 벽에 기대 누군가와 통화하는 척했다. 부르릉 하는 낮고 묵직한 엔진 울림이 전해지고 고급차 한 대가 미끄러지듯 내 앞을 스쳐갔다.

167

304호와 무슨 관계일까 추측해보는 건 매우 쉬운 일이었다. 누가 봐도 친족 관계다. 옆집과 더 친해져야겠다는 무의식이 작동했다. 그리고 내가 어떻게 행동해야 할지에 대한 전체 그림이 빠르게 그려졌다.

차가 시야에서 사라지고 잠시 뒤, 곧장 304호로 가서 문을 두드렸다. 끼이이익 하는 소리와 함께 문이 열리자 옆집인데 조금 시끄러워서 조용히 해줄 수 있냐고 물었다. 304호는 아무 말도 못 하고 눈물만 그렁그렁 맺혔다. 내 모습에 겁을 먹은 걸까. 잠시 들어가도 되냐고 묻자 말없이 고개를 끄덕이며 문을 더 활짝 열었다. 그 사이로 두리번거리며 어두컴컴한 집에 들어가니 먼저 화려한 수족관들이 눈에 들어왔다.

나는 조용하고 낮은 톤으로, 도무지 시끄러워서 잠을 못 잘 거 같다고 말했다. 304호는 큰 목소리로 죄송하다고 했다. 쉿! 손가락을 입에 가져가 대며 조용히 시키고 304호를 좀 더 집 안으로 밀어넣었다. 조용하고 위압적인 표정으로 다시 말을 이어 갔다.

304호에서 갑자기 소리가 나서 깜짝 놀라는 바람에 넘어져서 아프다, 병원에 가야 한다고 말했다. 다리가 아프다고 옷을 살짝 걷어 올렸더니 내 흉터를 보고 흠칫 놀라는 눈치였다. 아픈 표정을 거두지 않고 어떻게 할 거냐고 되물었다. 겁박이었다.

304호는 뭔가 떠오른 듯 얼굴 표정이 상기되더니 서랍장을 열어 어린이 장난감 구급상자을 꺼냈다. 아이들 장난감이 보이자 작은 의문이 연기처럼 사라졌다. 304호가 어떤 행동을 취할지는 보지 않아도 알 수 있었다.

액세서리를 사러 온 손님들이 고민하는 표정에 익숙한 나는 얼굴의 미세한 움직임만으로 물건을 살 사람인지 아닌지 알 수 있다. 304호는 장난감 구급상자를 앞에 뒀지만 응급환자를 마주한 초보 의사의 열의 가득한 진지한 표정이었다. 환자를 그냥 돌려보낼 표정이 아니었다. 304호의 고민은 계속 이어졌다. 내 아픈 표정을 보더니 끝내 구급상자를 뒤집었다. 하지만 마땅한 치료 도구가 없다고 생각했는지 쿵쿵대며 집 안을 돌아다녔다.

계속 재촉하며 아프다는 혼신의 연기를 펼쳤다. 그러자 304호는 속옷장을 뒤지더니 돈을 꺼내 건넸다. 내 집의 한 달 월세가 저런 데서 나오다니, 저기에 얼마나 들어 있을까. 너무나 궁금한 나머지 해서는 안 될 생각들을 했다. 304호는 자신 때문에 생긴 상처인 줄 알고 나를 진심으로 걱정했고 나는 열심히 아픈 척했다.

사람을 속이는 게 이렇게 쉽나, 무척이나 당황스러웠다. 304호에 드나드는 사람이 없다면 얼마나 있는지도 모를 저 돈을 내 것으로 만들 텐데, 정기적으로 드나드는 303호와 그 어머니가 있다는 사실이 아쉬웠다.

갑자기 동생이 생각났다. 304호보다 장애가 심한 나의 동생.

맞벌이하는 부모님 아래 내가 엄마가 돼줘야 했던 동생 생각에 갑자기 눈시울이 붉어졌다. 눈물 없는 흐느낌이었다. 눈이 촉촉해지고 입은 바싹 타들어갔다. 304호는 겁먹은 표정을 거두고 아무 말도 하지 않고 내 옆에 붙어서 따라 울었다.

내 동생과 얘기하는 것으로 착각해 여러 얘기를 나눴다. 동생에게 했던 특별한 언어, 짧은 단어와 큰 손짓, 과장된 표정을 도구로, 어린이 구연동화처럼 다양한 표정으로 304호의 환심을 샀다. 친동생과 통하던 언어를 쓰자 304호의 말투도 바뀌었다.

"덕분에 다 나았어. 혹시 아플 수 있으니까 언니가 이 돈은 병원비로 쓸게."

304호는 휴우 숨을 내쉬었다. 긴 수술을 마친 의사처럼.

"괜찮다. 아프면 나한테 와라."

"호호 불어주니까 괜찮다. 최고다."

"다행이다."

어릴 때 동생과 통하던 언어는 304호에게도 통했다. 우리는 어린아이의 언어로 마음을 나눴다. 대화를 이어나가자 304호의 짧은 문장이 길어지고 의사 표현도 풍부해졌다. 다섯 살짜리 아이가 금세 열두 살 아이가 된 것 같았다.

"또 놀러 와라. 약 발라줄게. 혼자 아프면 안 된다."

304호에서 얘기를 나누고 곧장 방에서 나와 수족관에서 본 물고기와 꼭 닮은 인형을 사러 갔다. 손에는 304호에게 받은 돈이 쥐어져 있었다. 인형이라는 낚싯바늘로 304호를 꿰어야 했다. 오래전 일이지만 304호 같은 아이를 다루는 데는 나만 한 전문가가 없다.

눈높이를 맞추고 같은 언어를 쓰면 304호는 내 것이 된다. 다 잡은 물고기였다.

304호의 눈높이에 맞는 물고기 인형을 허겁지겁 종류별로 큰 가방에 쓸어 담았다. 어떤 것을 좋아할지 몰라 짚이는 대로 다 담았다. 가장 저렴한 물고기 인형들을 종류별로 사서 나오는데 우연히 거울에 비친 내 모습에 발걸음을 멈췄다. 큰 가방에 인형을 담아 가는 내 모습을 그저 멍하니 쳐다보기만 했다. 흡사 어부처럼 보여 실소가 터졌다. 그렇다고 만선으로 의기양양한 어부의 표정도, 사랑하는 아이에게 선물을 가져가는 표정도 아니었다. 당첨 확률이 높은 복권을 사는 사람의 설렘 가득한 모습이었다.

짙은 타투, 얼굴 여기저기 박아 넣은 피어싱, 보라색과 노란색 머리를 한 내가 알록달록한 물고기 인형을 들고 있다니, 내가 봐도 우습다. 딸 선물을 든 다정한 엄마의 모습으로 생각하는 사람이 단 한 사람이라도 있을까. 아니면 정말 내가 306호의 말대로 괴물인 것일까.

디자인 일은 즐겁다. 디자이너로서 가장 좋은 순간은 내가 만든 결과물이 수정 작업 한 번 거치지 않고 통과됐을 때다. 그 짜릿함은 말로 설명할 수 없다. 마치 내가 조물주가 된 것처럼 좋았다. 그런데 신기하게도 내가 기쁨을 감추지 못하는 날에는 오빠에게 불쑥 연락이 온다. 귀신처럼 내 기분을 알아차린다. 조카들을 앞세워 무미건조한 안부를 묻고 내 생활을 궁금해한다. 경제 상황을 묻는 눈치다.

돌아가신 아버지 얘기를 꺼낸다. 나의 가장 약한 부분을 건드리면서 얘기하면 어쩔 도리가 없다는 것을 알고 있는 걸까. 아버지 혼자 남매를 키워서 고생했던 이야기에 나는 속수무책 무너

172

진다. 자립한 딸을 자랑스럽게 생각할 거라고 치켜세우더니 속내를 드러냈다. 집에서 쫓겨날 위기라나, 잠시 조카를 봐줄 수 있냐고 묻는데 이 집에서 조카들을 돌보기 어렵다는 것은 오빠가 더 잘 안다. 해석할 것도 없이 결론은 돈이 필요하다는 것이었다.

이번에는 필요하다는 금액 전부를 한 번에 주지 않을 생각이다. 서너 번에 걸쳐서 찔끔찔끔 줄 요량으로 어렵게 도와주는 거라고 신신당부했다. 분에 넘치는 사업 따위는 하지 말라고. 오빠는 목적을 달성했는지 다시 조카를 바꿔주며 서둘러 통화를 마무리했다.

슬펐다. 울분을 토하고 싶어 이불을 뒤집어쓰고 울었다.

마음이 진정되자 오빠와 새언니에게 메시지를 보냈다. 답장을 받고 싶었지만 결국 기다려도 오지 않았다. 언제나 불쑥 찾아와 사라져버린다. 언제나 그렇다.

301호   302호   [303호]

306호   305호   304호

그동안 당연히 304호의 어머니가 돈을 관리할 거라고 생각했다. 304호가 경증 장애인이라는 것을 잠깐 잊고 있었다. 사회생활이 가능한 정도라는 걸 인지했을 때 304호가 달라 보였다. 그저 햇빛을 보지 못해 유난히 희고 뚱뚱한 사람이라는 정도로만 생각했는데, 그때부터는 친구로 보였다. 통장에 얼마나 있는지 묻고 싶었지만 거짓말을 전혀 하지 못하는 304호를 생각해 입을 꾹 다물었다.

그래도 방법이 있다. 더욱더 정성껏 길들이면 된다. 정성은 하늘마저도 감동시킨다.

집에 있는 나이 든 개와 집에 드나들던 수컷 강아지와 304호는 크게 다르지 않다. 동물이든 사람이든 자기보다 약한 상대를 보면 두 가지 생각을 한다. 곁에 두거나 공격하거나.

불현듯 엄마에게 가장 크게 혼난 기억이 떠올랐다. 엄마 지갑에서 빼낸 돈을 곧장 내 지갑으로 가져가서 들켜버린 일. 지금의 나라면 절대 걸리지 않을 자신이 있다. 엄마가 절대 들여다보지 않을 소파 밑이나 주방 구석에 숨길 것이다. 내 것으로 만드는 데는 시간이 필요하다. 나는 훔치지 않는다. 소유권을 포기하고 기억에서 사라질 때까지 기다린 후 점유할 것이다. 그래야 혼나지 않는다.

병원놀이를 좋아하는 304호를 위해 구급상자 세트를 선물로 샀다. 분명 좋아서 방방 뛰겠지.

301호 **[302호]** 303호

306호 305호 304호

끼이이익 하는 304호의 문이 열리더니 평소와 다른 발자국 소리가 났다. 어디에 가는 것일까. 나는 왜 이런 것까지 궁금해 하는 걸까. 대화할 상대가 없어서일까, 가족이 곁에 없어서일까. 조카들이 보고 싶어졌다. 하지만 조카들을 보러 가면 분명 오빠 도 있다. 조카들을 보고 싶은 마음보다는 불편함이 더 컸다. 가 족이 아니어도 누구와도 대화하고 싶은 순간이었다.

기분 전환 겸 시장을 보기 위해 서둘러 얇은 가디건을 챙겨 입고 나섰다. 급하게 움직여 1층 출입구를 나서자 304호의 뒷모 습이 보였다. 나는 그녀를 앞질러 뛰어가 혹시 304호 아니냐고 반갑게 물었다. 그녀는 아래위로 날 훑더니 웃어 보였다. 처음

176

볼 때의 거부감 대신 아이 같은 미소에 나도 따라 웃었다. 내 머리를 손으로 가리키며 자기랑 머리 길이가 비슷하다고 말하며 좋아했다.

304호는 전철역 방향으로 손가락을 가리키며 짧게 "은행"이라고 말했다. 나도 비슷한 방향으로 손가락을 가리키며 "마트!"라고 자기만의 방식대로 군더더기 없이 단어로만 말했다.

이내 304호가 나를 응시하더니 우는 시늉을 했다. 내게 울었냐고 물어보는 거 같아 나는 "괜찮아"라고 말했다. 내 눈이 부은 걸 걱정하는 착한 마음이 고스란히 와 닿았다.

미트에서 장을 본 후 근처에서 304호를 기다렸다. 들어가는 길에 손에 과일을 들려줄 생각이었다. 잠시 후, 304호가 두 손으로 무언가 감싸 안고 돌아왔다. 너무 소중해 보여 무엇인지 물어보지도 못한 채 함께 걸었다. 304호는 계속 자기 머리가 조금 더 길다면서 웃음을 감추지 못했다. 웃으며 함께 들어오는데 304호의 휴대폰이 울렸다. 언니라는 호칭으로 보아 303호 같았다. 굳이 그럴 필요는 없었지만 저번처럼 불편함을 만들지 않기 위해 가볍게 눈인사를 하고 빠른 걸음으로 먼저 들어왔다.

짧은 대화였지만 그래도 순수한 사람과의 대화는 왠지 모를 위로를 가져다 주었다. 여유가 된다면, 다시 봉사 활동을 나가야겠다고 생각했다. 그렇게라도 누군가를 만나서 대화하고 소통하고 싶었다. 친구가 필요한 날이었다.

　보험금은 차질 없이 들어왔다. 보험사 직원은 내 표정을 살피는 듯했다. 표정을 보면 미세한 떨림 같은 게 있나? 남자의 죽음을 기뻐하는지 표정을 살피나? 아무리 개 같은 일이 있어도 내일 태양이 뜨는 것처럼 당연한 일이 있을 때는 전혀 기쁘지 않다. 계좌의 숫자만 바뀌었지 근본적으로 내 삶을 변화시킬 정도는 아니다. 조금 더 모아야 한다. 당분간은 까다로운 손님들에게 계속 무료 음식을 나눠줘야 한다.

　보험사 직원은 회사 내규상 소송을 하는 것이 원칙이나 어떤 혐의도 찾지 못해 일단 보험금을 지급한다고 말하지만 뒷맛이 썼다. 만약 나중이라도 혐의가 있다면 보험금 수령액을 다시 환수 조치할 수 있다는 협박에 가까운 말을 더했다. 표정 관리를 하지 못해 얼굴에 침을 뱉고 욕을 할 뻔했다. 계약관계에 의해 돈을 지급하면서 적선하듯 주는 태도가 가증스럽다. 보험사 놈들은 야누스의 얼굴처럼 보험 가입 전후의 얼굴이 완전히 다르다. 음험한 속내를 드러내면 똑같이 맞받아치는 게 가장 좋은 방법이다. 예의는 이런 놈들에게 불필요하다.

남자가 보험 가입할 때는 온갖 감언이설로 꼬드겼겠지만 줄 때는 범죄자 취급이다. 남자가 2년 후 자살면책 기간이 지나 자살한다고 해도 줄 때는 똑같이 범죄자 취급했을 인간들의 고압적인 대도도 이젠 볼일 없다.

—

사회복지사로서 분기별로 한 번씩 304호를 방문하는 날이었다. 노크하면 쿵쿵 소리를 내며 달려 나오는 304호가 조용하다. 수족관용품점에 가는 일 말고는 외출을 거의 하지 않아서 더 의아했다. 오전에 이미 통화도 마친 터였다. 오후에 방문한다는 사실을 고지했다. 두 번이나 노크해도 나오지 않았다. 무작정 기다릴 수도 없었다. 관내 다른 장애인 가정방문 일정에 쫓겨 304호 방문을 미뤘다. 바쁜 현장 일을 마친 후 다른 업무를 위해 다시 사무실로 돌아왔다.

서류 업무가 끝나지 않아 304호 방문을 다른 직원에게 부탁하고, 사무실에서 남은 작업을 마무리하던 중에 급한 전화가 왔다. 거친 숨소리만 넘어왔다. 남자 직원의 짓궂은 장난인가 싶었지만 주변의 번잡한 소음에 부적 긴장되었다. 동료의 거친 숨소리가 멎지 않자 다른 남자가 대신 전화를 넘겨받아 말했다.

"구급대원인데요, 응급실로 이송 중입니다."

퇴근 시간에 걸린 구급차보다 내가 먼저 병원에 도착했다. 이윽고 304호를 실은 구급차가 왔고 자초지종을 물어볼 틈도 없이 304호를 실은 들것을 따라 응급실로 들어갔다. 의사와 정장을 쫙 빼입은 남자가 나를 보고 동시에 물었다.

"환자분 보호자 되시나요?"

"고객님 보호자 되시나요?"

"환자인지 고객인지 한 가지만 하시죠?"

정장 입은 남자가 명함을 건네는데 조사원이라고 쓰여 있었다. 그래서 어쩌라고, 의아한 표정으로 쳐다보니 최근 보험사기 건으로 골머리를 앓는다며 병원에 상주 중이라고 말했다. 보험협회의 공동 의뢰로 사기가 의심되는 사건을 조사 중이라나 뭐라나. 강제성도 없는 사설 업체 따위가 뭘 어쩌겠다고.

그때 의사가 침울한 표정으로 다가와 위로하듯 말했다.

"환자분 사망하셨습니다. 사망 시각 17시 47분."

304호가 공식적으로 죽었다. 이렇게나 갑자기? 슬픔보다는 놀람이 앞섰다. 의사는 물러났지만 사설 조사원은 계속 옆에서 물었다.

"가입하신 보험 있으신가요?"

304호는 죽었다. 동료 직원은 반쯤 넋이 나갔다. 다른 복지관 직원들도 하나둘씩 자리를 채웠다.

"고객님? 고객님?"

짜증 나는 날이었다.

"이보세요! 보험 회사 직원은 피도 눈물도 없어요? 당신 가족이 죽어도 고객님이죠? 예?"

304호의 다음 생은 부디 그토록 원하던, 훌륭한 간호사가 되기를 진심으로 바랐다.

3 0 1 호 **[3 0 2 호]** 3 0 3 호

3 0 6 호 3 0 5 호 3 0 4 호

처음 듣는 발자국 소리가 들렸다. 누구인지 모를 처음 듣는 소리였다. 304호의 문을 두드리는 소리 같았다. 몇 번 두드려도 문이 안 열리자 복도에서 누군가와 통화하더니 304호의 열쇠가 있냐고 물었다. 잠시 후 306호 아주머니의 투덜거리는 목소리와 보조열쇠가 짤랑이는 소리가 이어졌다. 분명 304호는 집에 있었다. 304호의 끼이이익 쾅 하는 문소리를 듣지 못했다는 건 집 안에 있다는 말인데, 열쇠를 찾는다니 너무나 궁금해 현관 앞에 서성이며 복도의 상황에 귀를 기울였다.

306호가 304호의 문을 열어주고 발걸음을 다시 옮기려는 순간이었다. 남자의 거친 호흡이 말을 집어삼켜 무슨 말을 하는지

알 수 없었다. 말 못 하는 짐승처럼 우우 하는 소리였다.

306호는 왜 그러냐며 비웃었고 남자는 목소리만 들어도 겁에 질린 듯했다. 곧이어 306호의 찢어지는 비명이 쩌렁쩌렁 복도를 채웠다. 늘 쉬어 있는 걸걸한 목소리에서 나온 날카로운 소리였다. 301호도 문을 열어 복도 상황을 살피는 듯했다. 어디론가 전화를 걸어 말을 하는데 빨리 와달라는 말만 되풀이했다.

304호에게 무슨 일이 생긴 게 틀림없었다. 그렇지만 무서워 나갈 수 없었다. 이윽고 창가에는 경찰차인지 소방차인지 모를 사이렌 조명이 일렁거렸다. 사이렌 소리는 나지 않았다. 대신 사람들의 웅성웅성하는 소리만 들렸다.

301호　　302호　　303호

306호　　305호　　304호

[수 사 관]

　사망 사건은 아무리 겪어도 익숙해지지 않는다. 죽은 자의 모습을 보고 싶어서 형사를 한 것이 아니었지만, 유난히 이 동네에서는 자살자들의 모습을 많이 본다. 강력계보다는 자살 처리반이 더 맞는 이름이 아닐까.

　다시 방문한 304호는 죽어 있었다. 커튼을 치자 어두운 집이 밝아졌다. 304호는 입에 거품을 물고 소파에 상체만 걸쳐 널브러져 있었다. 바닥에서 암모니아 냄새가, 소파에서 토사물의 시큼한 냄새가 올라왔다. 넘어진 머그잔에는 복숭아빛이 감도는 꽃차가 쏟아질 듯 위태롭게 남아 있었다. 자살한 사람의 집에서 보이는 익숙한 모습이었다.

발코니의 다른 꽃들과 달리 유일하게 실내에 있던 묘목에 꽃이 일부 피어 있었는데 군데군데 꽃과 잎이 떨어진 상태였다. 자살 가능성도 있지만 절차에 따라 부검을 의뢰했다.

—

부검 결과 올레안드린이라는 독성에 의한 사망으로 밝혀졌다. 협죽도의 맹독성 꽃잎과 줄기를 차로 우려 마시고 즉사한 것이었다. 공기 정화에 탁월해 주변에서 구하기도 쉬운 이 녀석의 꽃잎과 줄기를 먹었다? 우연일까? 304호가 탄산음료 대신 차를 우려 마신다? 여러 정황과 내 직감이 교차하는 지점은 303호다.

같은 3층에서 벌어진 사건과의 유사성에 의구심을 품고 수사 파일은 다시 캐비닛에서 나왔다.

304호와 관련 있는 사람은 역시나 303호였다. 과거 쓰러져 죽은 남자 사건과 304호의 사망 사건을 하나의 사건으로 엮어 수사를 진행하기로 했다.

CCTV를 분석했을 때 3층 사람들의 말은 100퍼센트 신뢰할 수 있었다. 누구 하나 거짓말하는 사람이 없다. 가장 최근에 304호의 집에 들어간 것은 303호와 305호, 그리고 304호의 생모였다. 생모는 혐의가 없다는 게 인정되었는데 대화 도중 바들바들 떠는 게 느껴질 정도였다. 그러고는 가족들에게 숨겨둔 딸의 존재를 들킬까 두려운 나머지 모든 연락을 끊어버렸다. 유품을 인계해 가라고 해도 거들떠보지 않았다. 이런 가족들을 볼 때면 수사는 빠르게 동력을 잃는다. 가족들의 무관심은 명백한 정황, 혐의, 증거가 없을 때보다 수사 의지와 수사 행정을 방해하는 가장 큰 요소다.

CCTV 저장 기간은 3개월이 최대였다. 맹독성 식물의 묘목이 성장해 꽃을 피우는 데 필요한 시간을 감안했을 때 3개월 이상의 CCTV 자료가 필요했다. 또다시 벽에 부딪치는 느낌이었다. 만약 계획된 살인이라면 매우 치밀하게 계산된 것임에 분명했다. 오랜 경험에 의한 직감이 계획범죄라고 말하고 있었지만, 아무런 증거가 없었다.

301호 **[302호]** 303호

306호   305호   304호

형사가 찾아왔다. 초췌한 모습을 보이기 싫었지만 큰 노크 소리에 나갈 수밖에 없었다. 경찰은 출입문에 삐딱하게 기대어 304호가 평소와 다른 게 있었냐고 물었다. 없다고 하자, 마치 동네 길고양이가 죽은 것처럼 무미건조하게 304호가 죽었다고 말을 이었다. 그 태도가 영 마음에 들지 않아, 303호에게 물어보는 게 더 빠를 거 같다고 얘기했다. 참고인 조사 때 얘기를 나눈 여자 경찰과는 달리 감정이 없이 사무적으로 보여 깊은 얘기를 하고 싶지도 않았다.

대화할 때의 반응도 재미없었다. 경찰임용 과정에서 대화 시 귀담아듣는 척이나 리액션하는 방법은 안 배우는 건가. 공감 능력은 평가 항목에 없는 모양이다. 상대의 입을 열려면 뭔가를 내놓아야 한다. 멀뚱한 표정으로는 얻어낼 수 있는 게 없다는 것을 가르치고 싶었다. 무엇보다 화장도 안 한 상대에게 노크하고 불쑥 질문하지 않아야 한다는 것 정도는.

멀뚱한 표정을 거두지 않은 채 최근 2, 3주 동안 3층에서 특이한 소리를 들은 게 없냐고 묻길래, 304호 사건과는 관련 없지만 306호가 305호의 문을 거칠게 두드리며 월세를 빨리 내야 한다는 소리와 305호가 304호에 들어가는 소리를 들었다고 조심스럽게 말했다. 형사는 내 말을 수첩에 끄적이며 "그리고요?" 하며 물었다. 나는 퉁명스럽게 "없어요"라고 대답했다.

"혹시 기억나는 게 있으면 경찰에 연락……."

공감 능력 없고 무례한 공권력에 저항하는 의미로 경찰의 말이 끝나기도 전에 내쫓듯 밀어냈다.

벌써 3층에서만 두 명이 죽어 나갔다. 서둘러 이사 가고 싶은 마음뿐이지만 아직 계약 기간이 남아 있었다. 사인을 묻고 싶은데 용기가 나지 않아 혼자 유추해보려 했지만 내가 아는 바도 없었다. 아마 집 안에 있는 시간이 많은 은둔형 외톨이가 죽었다고 하면 자살 혹은 지병에 의한 자연사 아닐까, 생각하면서 찝찝함을 지워나갔다. 안타깝고 무섭다. 어떻게 죽었는지 물어볼 용기가 나지 않았다. 사람이 죽은 형상을 머리에 담고 싶지 않았다.

—

새언니가 갑작스럽게 연락했다. 또 조카들을 내세운 연락이었다. 그저 몇 푼 보내주면 될 거라고 생각했다.

"애들하고 근처에 왔는데 애들이 보고 싶다고 해서요."

"아…… 미리 말해주지 그랬어요. 나 지금 준비도 안 했는데……."

"어디에요? 애들이 보고 싶어 해요."

"그럼 제가 주소 불러줄게요."

이윽고 복도에 조카들의 웃음소리가 채워졌다. 처음 듣는 아이들의 발걸음 소리가 듣기 좋았다. 서둘러 달려가 문을 열었다.

거의 2년 만에 보는 조카들의 키가 한 뼘은 커 있었고 생기발랄하게 안겨왔다. 훌쩍 큰 키에 맞지 않은 작은 옷과 계절에 맞지 않은 옷을 보며 혹시 옷을 사달라는 건가 잠깐 생각했다.

"언니도 들어오세요."

"집이 깔끔하게 잘 정리돼 있네요."

조카들은 좁은 집에 관심을 끌 만한 것들이 없었는지 침실로 들어가 침대에서 방방 뛰었다. 새언니는 방 여기저기를 둘러보며 일찍 와봤어야 했는데, 하고 말끝을 흐리며 방 안을 살폈다.

"아니에요. 어차피 곧 이사 갈 거예요."

"어디로 가려고요?"

189

"정해진 건 없고 외주 회사 근처로 갈 거 같아요. 미팅하기에 편해서요."

"아, 저번에 말했던 그 회사 근처? 거기 비쌀 텐데……."

"대출 조금 더 받으면 될 거 같아요."

"아, 잘됐네요. 다른 볼일 있어서 잠깐 들렀어요. 걱정도 돼서요. 오빠도 혼자 지내는 여동생 걱정이 많아요."

"근데 애들 옷이 왜 이리 짧아요?"

"애들은 원래 금방 크잖아요……."

새언니와 조카들은 목적을 달성했는지 10분도 머물지 않고 다시 떠났다. 내가 필요할 때만 연락하는 오빠네 가족들 때문에 정신이 너무 지친 나머지 소파에 풀썩 드러누워버렸다. 곧이어 참을 수 없는 두통이 또 시작되어 서둘러 약부터 챙겨 먹었다. 종종 오빠네 가족이 오면 스트레스 때문에 머리가 깨질 지경이었다. 요즘 들어서 오빠의 연락이 너무 잦다. 내가 잘되는 게 싫은 건가.

가족이지만 조금 거리를 두고 살고 싶은 마음이 간절했다.

—

헤어진 남자친구에게 연락해보고 싶었다. 뜬금없이 "잘 지내?"라는 연락이 반가울지, 불쾌할지 걱정이었지만 이럴 땐 50퍼센트의 확률에 맡겨보기로 했다. 유독 말없고 과묵했던 남자친구였다. 용기를 내 문자메시지를 보냈다. 마침표를 여러 개 찍어 메시지에 고민한 흔적을 남겼다.

문득 생각나서... 잘 지내?

2년 만인가? 시간 정말 빠르지?

우리 오빠네 가족과 함께 여행 갔던 게 생각나네.

에메랄드빛 바다, 반짝이는 물결...

발가락을 간질이던 모래, 짠기 가득한 바람.

네가 조카들도 참 예뻐해줬는데...

그냥 안부가 궁금했어.

전송 버튼을 누르자마자 신 레몬을 먹었을 때보다 더한 후회가 일었다. 얼굴 주름이 모두 드러날 만큼 찡그렸다. 충동적인 안부의 결말은 뻔하다. 문자메시지에는 발송 취소 기능도 없다. 뜨거운 감자처럼 손바닥 위에서 여러 번 튕기다 조용히 수신 차단을 눌렀다. 휴대폰은 베개 밑에 묻어버렸다. 전 남자친구의 답장은 전파를 타고 허공을 겉돌겠지. 몇 시간만이라도 휴대폰은 쳐다보지도 않겠다고 다짐했다. 창피했다.

[**3 0 1 호**]　　3 0 2 호　　3 0 3 호

3 0 6 호　　3 0 5 호　　3 0 4 호

언젠가부터 귀신들이 잘 보이지 않는다. 영매로서의 기질이
부족한 탓일까. 오히려 다행이라고 생각해야 하나.

죽은 304호를 불러보려고 온갖 애를 다 써봐도 어디에도 없
다. 복도에서는 바보같이 죽었다는 306호 아주머니의 통화하는
소리가 들렸지만 도무지 믿을 수 없는 말이다.

순수한 영혼은 결코 스스로 죽지 않는다. 누군가 목적을 가지
고 죽인 것이 분명하다. 누가 304호를 해한 것인지 물어보고 싶
어 몇 번이고 영혼을 부르려 시도했지만 만날 수 없었다. 어쩌면
자살로 무간지옥에 빠진 것이 아니라 천국에 간 것은 아닐까. 그
래서 한낱 나 같은 무당이 찾기에 어려운 곳으로 영영 떠난 것

이 아닐까. 차라리 그렇게 해서라도 좋은 곳으로 갔으면…….

청소할 때마다 찬송가를 부르는 306호의 목소리는 여전히 듣기 싫다. 어느 누구든 남을 욕하면 자신에게 화가 돌아오는 것을 왜 모를까. 죽은 사람을 두고 저렇게 험담하는 여자는 언젠가 벌을 받기 마련이다. 남을 헐뜯으면 결국 그 화는 자신에게 돌아와 꽂힌다. 그게 아니면 대를 이어서 화를 맞기도 한다. 분명한 건 은밀하게 다가오는 화는 피할 겨를도 없이 몸에 박힌다는 사실이다.

306호의 신앙이라는 것은 낮은 곳으로 향하지 않고 위로만 향한다. 자연의 법칙을 깨는 역행은 큰 화로 돌아온다고 말해주고 싶어도 정신 나간 믿음을 뚫진 못할 것이 분명하다.

출세 지향의 신앙은 당신이 믿는 하나님이 들어주지 않는다고 말하고 싶은 것을 꾹꾹 참는다. 느끼게 해야 한다. 뱀의 혀를 가진 간사한 306호에게는 가르침이 필요하다.

샤머니즘과 사이비가 섞인 괴상한 신앙은 사람의 몸에 아무 짐승의 머리를 얹은 전설 속의 괴물 같다. 이런 괴물의 이성과 맞바꿀 수 있는 것은 목숨밖에 없다. 죽어야 정신 차리는 부류의 어리석은 인간이다.

혼을 쏙 빼놓아야 한다.

301호   302호   303호

306호 [305호] 304호

304호에서 평소 어떤 소리가 들렸냐고 경찰이 자꾸만 물어봤다. 가끔씩 여자 둘이 떠드는 소리와 무거운 걸 끙끙대며 옮기는 소리가 들렸다고 사실대로 말했다. 무거운 걸 옮기는 소리 같다고 말하자 형사는 알겠다는 표정으로 고개를 끄덕였다. 내가 갸우뚱하자, "화분을 많이 키워서 그럴 겁니다"라고 대답했다.

내 범죄사실을 조회하다가 특별한 게 나오지 않자 고개를 또 저었다. 형사는 왜 304호에 들어갔냐고 물었고 나는 담담히 말했다. 304호의 집이 시끄러워서 조용히 해달라는 부탁을 하려고 갔다가 연민을 느껴 그 이후에 좋아하는 인형과 과자를 챙겨주었다고 솔직히 말했다. 물고기를 좋아하는 것 같아 가장 저렴

194

한 물고기 인형을 여러 개 선물해준 것도 진술했다.

혹시 금전거래가 있었냐는 질문에는 온 힘을 다해 부인했다. 물론 한 달 월세 분량의 돈을 받긴 했지만 어차피 증거는 어디에도 없다. 304호에 대해서는 아무것도 모르고 단지 옆집에 사는 이웃으로 가끔 챙겨준 것뿐이라고 솔직히 말했다.

처음에는 304호가 날 보면 소스라치게 놀라며 집으로 들어갔다는 것도 덧붙였다. "아마 겉으로 보이는 내 모습에 놀란 모양입니다"라고 말하니 형사의 동의하는 표정에 기분이 언짢았다. 하지만 304호가 더 이상 무서워하지 않았다는 것도 CCTV를 보면 알 수 있을 거라고 강한 어조로 말했다. 물고기 인형을 시작으로 304호는 나를 친근하게 느꼈다. 이후 좋아하는 과자를 지속적으로 사주는 방식으로 그녀에게 받은 돈을 갚아나갔다. 하지만 아직 사줄 과자가 많이 남아 있었다.

나를 불편하게 하는 질문들은 계속 이어졌다.

오래전 내 집에서 피를 묻힌 채 뛰쳐나간 남자에 대해서 집요하게 물었다. 정확히 언제인지도 헷갈렸다.

—

"지난번에 묵비권을 행사하셨는데, 물론 이번 사건과 관련은 없지만 어떤 상황인지 자세히 설명해주실 수 있으신가요?"

"자꾸 저를 불편하게만 하시네요."

"죄송합니다. 무리가 아니라면 그래도 듣고 싶습니다."

"사건과 관련이 있나요?"

"제 일은 주로 듣는 것입니다. 관련이 있는지 없는지 여부는 지금 말씀드리기 곤란합……."

불편함보다 빨리 이 자리를 벗어나고 싶었다.

"몇 년 전이었어요. 장사를 하는데 바이크를 탄 남자가 제 매대 앞에 섰어요. 저와 비슷하게 피어싱을 했더군요. 여러 액세서리를 추천하면서 친근하게 대했어요. 남자는 제게 여러 가지를 물었고 친절하게 대답해줬어요. 취향도 나이도 비슷했어요."

"네."

"다음 날에도 찾아왔어요. 그다음 날에도 찾아왔어요. 제게 적극적으로 호감을 보였고 그걸 피하고 싶지 않았어요."

"그러셨군요."

무표정하게 쳐다보며 더 얘기하라는 사무적인 반응이었다.

"일주일 넘게 계속 찾아왔고 제 영역에 자유롭게 넘나들었어요. 지금껏 그런 사람은 처음이었죠. 보통은 저를 보면 무서워하거든요. 우리는 장사를 마치고 함께 바이크를 타고 드라이브를 즐겼어요. 좋았어요. 항상 대중교통을 이용하는데 바이크를 타고 시원한 바람을 맞는 기분이 너무 상쾌했어요."

"좋으셨겠습니다."

"네, 좋았어요. 빠른 속도로 달리다가 사고 나서 죽어도 좋겠다 싶을 만큼 좋았어요. 신기했어요. 극한의 속도에서 죽음과 맞닿아 있을 때 행복함을 느끼고 있었어요. 전쟁터 같은 스트레스에 노출된 채 살아와서 비슷한 극한의 상황에서 안락함을 느끼는 게 아닐까 생각했어요."

"무슨 말씀이신지 알겠습니다."

"남자는 늦은 밤 저희 집에 바래다주려고 근처에 왔는데 그냥 보낼 수 없어 저희 집에 초대했어요. 이 집에 처음으로 사람을 초대한 거죠. 호감 있는 성인 남녀가 한 공간에 있으니 금세 분위기가 무르익었죠."

"그렇죠."

경찰의 표정은 전혀 바뀌지 않고 사무적인 대답도 여전했다. 이따금 메모를 하며 나를 간간이 응시했다. 보기 좋은 표정은 아니었지만 304호 죽음의 비밀을 밝히는 데 도움이 되기를 바라며 꾹 참고 말을 이었다.

"조명 조도를 낮추고 서로의 숨소리조차 선명하게 들리며 긴장감이 높아질 때 남자는 제 곁으로 다가왔어요. 저는 가만히 눈을 감았고 진한 키스를 나눴어요. 꽤 오래 키스하고 부둥켜안았어요. 저도 황홀경에 빠지려던 그때 아차 싶었죠."

"왜 그런 거죠?"

"남자는 키스하면서 제 옷을 벗기려고 했어요."

197

"아……."

"저는 키스까지였는데, 남자는 그 이상을 원했어요. 서로가 호감 있는 거 아니냐고 묻기에 '호감은 있지만 지금 내 욕망이 거기까지는 아니야. 멈춰줘'라고 말했어요."

"네……."

"남자는 분위기에 흠뻑 취해버렸는지 다시 달려들었고 저는 너무 놀라서 남자의 뺨을 강하게 후려치고 다시 물었어요. 내가 옷을 벗어도 후회하지 않을 자신 있냐고. 뺨을 잘못 때렸는지 남자의 코에서 피가 났어요. 흰옷이 붉은색으로 흥건히 젖었죠."

"그런 일이 있으셨군요."

"저는 남김없이 옷을 벗어 던졌고 남자는 혼비백산하며 뛰쳐나갔어요. 깡패를 사귀어서 혹은 깡패라서 타투를 한 게 아니에요. 화상 흉터를 가리기 위해서였어요. 자세히 보시면 단면이 울퉁불퉁해요. 남들이 볼 수 있는 부분에만 타투가 있고, 벗으면 없어요. 여기서 벗어볼까요?"

"아, 아닙니다. 그러실 필요는 없습니다."

나는 경찰의 만류에도 일어나 상의를 올렸다 다시 내렸다.

"강해 보이기 위해서 했어요. 그렇지 않으면 징그럽기만 하니까요. 징그러운 것보다는 무서운 게 더 나았어요. 몸에 화상 흉터 있는 저를 지키기 위해서였죠. 어린 제가 더 어린 동생 밥을 먹이려다가 불이 났고 난 그 과정에서 동생을 잃었어요. 제 책임이라고 생각해서 지금껏 숨죽이면서 살아왔죠."

"저런⋯⋯."

"화상 치료는 처음에 잠깐이었어요. 굉장히 비싼 치료였고 우리 집은 지속적으로 치료를 받을 수 있는 형편이 되지 않았죠. 언제 끝날지 모르는 내 화상 치료비보다 오빠의 대학 진학 비용에 돈을 쓰는 것이 더 생산적이었을 거예요. 부모님이 생각하기에 그게 당연한 선택이었다는 것에 이견은 없었어요."

형사는 고객를 끄덕이며 쳐다봤다.

"그 상처를 그대로 갖고 중학교, 고등학교를 다녔어요. 화상 흉터를 기지고 학창 시절을 보내는 걸 상상하실 수 있으시겠어요? 여름에도 흉터를 가리고 다녀야만 했어요. 학창 시절에도 닥치는 대로 아르바이트하면서 돈을 모았고 전 그 돈으로 한쪽 목에는 코브라의 머리를 넣고, 다른 한쪽에는 사람의 눈을 새겨 넣었어요. 그리고 집에서 도망치듯 뛰쳐나왔어요."

"아⋯⋯ 그렇군요."

"저는 부모님의 죄책감이었고, 오빠에게는 빚 같은 존재였죠. 저를 보는 동정의 눈이 더 힘들었어요."

"이해합니다."

"동생이 죽고 나서 집에 웃음이 아예 사라졌어요. 힘들었지만 바꿀 수 있다고 생각했죠. 하지만 가족들은 아니었어요. 그래도 주저앉지 않고 주체적으로 내 삶을 만들어가기로 결심하고 집을 나왔어요. 내 세계를 만들고 싶었어요. 그래서 액세서리를 만들었던 거예요."

"아, 그래서 그 여자들이 쓰는 액세서리 만드셨군요."

"아니요, 액세서리는 남자 아이템도 많아요."

"망치는 왜 가지고 다니시죠? 호신용품 같은 거?"

"가죽공예를 틈틈이 공부해요. 공구예요."

"여자 지갑 같은 거?"

"굳이 구분하지 않아요. 누구나 쓸 수 있는 걸 만들고 싶지, 굳이 시장을 한정하는 건 어리석은 짓이잖아요."

"아무튼, 어린 나이에 고생 많이 하셨겠군요. 타투를 하고 나니 좀 괜찮아지시던가요?"

"무서운 타투를 하면 강해질 줄 알았지만 그렇지 않았어요. 나는 그대로였어요. 그래도 겉모습은 강해졌으니 그걸로 위안을 삼았죠. 내 진짜 모습을 직면할 때마다 괴로웠지만 적어도 지금은 바뀌었잖아요. 무서운 가면을 쓰고 내면을 감추니 편하고 갑옷을 두른 것처럼 든든했어요."

"제가 하는 일은 듣는 게 전부입니다. 이해 부탁드립니다. 담배 한 대 드릴까요?"

"범죄 사실 조회 같은 건 하실 필요 없어요. 노점 장사하면서 벌금 몇 번 낸 것과 죽은 고양이 묻어주려다 폐기물관리법 위반으로 벌금 낸 것을 빼면 없어요. 전 술도 전혀 안 마시고 담배도 전혀 안 피워요. 불에 대한 트라우마가 있는데 어떻게 담배를 피우겠어요. 죽은 제 동생이 304호와 같은 발달장애 아이였고 그래서 더 마음이 갔어요. 그게 전부예요."

형사의 눈빛은 이내 측은함으로 바뀌었다. 썩 마음에 드는 눈빛은 아니었지만 사실대로 모두 털어놓으니 한결 가벼워졌다.

"하시기 어려운 얘기였을 텐데, 협조해주셔서 감사합니다."

"혹시나 괜찮다면 제가 줬던 물고기 인형들은 제가 가져가도 될까요? 제 동생처럼 생각하고 사준 인형이라 버릴 수 없어요."

"현장 경찰관에게 말해둘 테니 가져가세요. 304호 어머니와 잠깐 연락이 됐지만 알리바이가 밝혀지자마자 연락을 끊더군요. 아마도 장애를 가진 딸이 숨기고 싶은 존재였나 봅니다. 이혼을 준비 중인데 미혼모로 밝혀지면 재산분할에 어려움을 겪는다고 하더군요. 305호 같은 분이 계셔서 다행입니다."

짧은 참고인 조사 후 집에 들어오자, 304호에는 노란 배경에 검은 글씨가 적힌 테이프가 붙어 있었다.

출입금지 - POLICE LINE - 수사중

—

304호의 부유한 어머니를 보고 돈을 탐하려 한 나의 추악함은 지독히 혐오스럽다. 죽은 동생을 보기도 부끄럽다.

이제 겨우 20대 중반인데 죽은 내 동생이 살아 있다면 비슷한 나이다. 화상 흉터를 감추기 위해 한 울퉁불퉁한 타투를 만져보고 싶어 했던 304호에 대한 미안함이 밀려왔다. 예쁜 물고기와 꽃을 좋아하는 304호에게 무서운 뱀의 머리, 부릅뜬 큰 눈을 만져보게 할 수는 없었다.

쾅쾅! 작은 소리에도 놀라는 나는 갑작스러운 큰 소리에는 몸서리를 쳤다. 주먹을 쥔 채 두툼한 부위로 강하게 내려치는 소리다. 문 전체가 흔들리는 이 노크 소리는 306호 아주머니뿐이다. 월세를 빨리 내야 한다며 독촉하러 온 306호 아주머니에게 "그런데"라는 말을 먼저 꺼내 정확한 자초지종을 물었다.

304호의 자살 사건이 흥미로웠는지 독촉하러 온 사실을 잊은 채 운을 뗐다. 나를 싫어하는 표정을 굳이 숨기지는 않은 상태로 혼잣말하듯 내뱉었다. 304호가 약 먹고 자살했다고, 알고 보니 지적장애가 있었다고, 어쩐지 이상했다며, 세상에 어떤 바보가 스스로 죽냐, 자살하면 지옥 가는 줄 모르냐, 건물 전체에 피해를 주는 멍청한 짓이라며 언성을 높였다. 그리고 보니 어제부터 304호에서는 어떤 소리도 나지 않았다. 아마 죽어 있던 것이 아닐까. 슬픔 대신 눈물을 집어삼킬 만큼 후회가 밀려왔다.

"아무튼 이번 달 말까지 월세 못 내면 방 빼야지. 보증금도 다 깎였어."

—

경찰은 부검이 끝나 장례를 치를 것이라고 말했다. 나는 장례식장 위치를 물었고 곧장 검은 옷으로 차려입었다. 얼굴에 있는 모든 피어싱을 빼고 검은 가발을 쓰고 긴 옷으로 타투를 모두 감췄다.

이윽고 도착한 장례식장에는 아무도 없이 304호 얼굴만 크게 찍힌 사진만 놓여 있었다. 증명사진을 확대해놓은 것 같았다. 보는 사람이 민망할 정도로 텅텅 빈 작은 공간이 커다란 돔구장처럼 느껴졌다. 알고 보니 장례식장이 아니리 시신을 화장하는 곳이었다. 화장터 옆에 간소하게 차려진 초라한 공간에 304호의 영정만 덩그러니 있었다. 출입문 머리 위에는 '무연고자 임시 안치소'라고 쓰여 있었다. 무관심한 형사가 장례와 화장을 혼동해 사용한 것 같았다.

미안한 마음에 자리를 지키며 둘러봐도 끝내 가족은 나타나지 않았다. 303호가 잠깐 들렀지만 담당 사회복지사로서 사망 서류 절차만 밟는 듯했다. 나를 보더니 흠칫 놀라는 눈치를 거둔 채 홀연히 뒤돌아 나갔다. 결국 혼자 남아 자리를 지켰다. 화장 절차가 끝나자 관계자가 다가와 무미건조하게 말했다.

"아무도 인계하지 않으면 납골당에 임시 안치된 후 폐기처분됩니다."

"폐기라니요. 제가 가져가서 뿌릴 거예요."

"아무 데나 뿌리면 안 됩니다. 주민들이 민원……."

"알겠어요."

관계자가 내뱉는 차가운 말을 길게 듣고 싶지 않아 중간에 말을 잘랐다. 무엇보다 304호를 또다시 어둡고 답답한 곳에 둘 수 없었다. 고민할 것도 없었다. 잠시 후 가볍고 따뜻한 304호의 유골함을 건네받았다. 아무 무늬도 없는 플라스틱 유골함을 보며 생각에 잠겼다. 마지막 길에 304호가 좋아하던 꽃무늬조차 없다니.

사람들은 모두 고결한 죽음을 꿈꾼다. 하얀 침구 위에서 슬퍼하는 남은 가족들을 올려다보며 편안한 웃음으로 맞이하는 죽음. 어찌 살아왔든 마지막은 품격 있고 우아한 죽음을 꿈꾼다. 죽음은 탄생과 맞닿아 있다. 울지 않는 탄생이 없듯, 울지 않는 죽음도 없어야 했다. 삶의 끝에 눈물이 없다면 누군가는 반드시 울어줘야 한다. 사죄하는 마음으로 장사는 포기하고 304호의 장례를 치러야 했다.

나는 곧장 가장 빠른 여수행 버스에 올랐다. 어디에 유골을 뿌려야 할지 생각할 겨를도 없었다. 여수에 도착한 후 버스로 한 시간을 더 들어가 조용한 바닷가에 닿았다. 오랜만에 맡는 바다 냄새가 향긋했다. 사람이 없는지 주변을 둘러본 후 낮은 언덕 위에 올라 풀썩 앉았다. 늦은 오후의 짙은 바다색과 핑크빛 석양이 유난히 예쁜 곳으로, 304호에게 잘 어울리는 곳이었다.

가장 예쁜 바다를 보여주고 언덕 언저리 나무 밑에 304호의 유골을 뿌리고 흙을 덮었다. 빈 유골함에 흙을 옮겨 담고 이름 모를 작은 꽃나무의 뿌리도 옮겨 심었다. 이것으로 짧은 인생, 304호의 장례가 끝났다.

'수족관보다 훨씬 큰 바다도 잘 보이고 예쁜 꽃도 있고 옆에 친구도 있으니까 앞으로 편하게 잘 지내렴.'

꽤 오랜 시간 앉아 있었지만 눈물은 나오지 않았다. 눈물을 쏟을 수 있도록 슬픈 생각을 짜내려 해도 내 인생은 슬픔보다 원망이 더 많았다. 어두컴컴해져서야 엉덩이에 묻은 흙을 털고 언덕을 내려왔다. 인적 없는 버스 정류장에서 배차 시간이 긴 버스를 기다리며 304호와 동생의 명복을 빌었다. 뒤늦게 도착한 시내버스를 타고 창가에 비친 내 모습을 보는데 낯설었다. 검은 가발, 피어싱 없는 얼굴 때문이 아니다. 이제 당첨 확률이 높은 복권을 산, 설렌 표정의 괴물이 아니었다.

시내버스에서 내려 고속버스로 갈아타려는데 후드득후드득 굵은 빗줄기가 떨어졌다. 사람들은 발걸음을 재촉하며 어두운 하늘을 원망하듯 올려다봤지만 나는 오랜만에 웃었다. 자칫 눈물 없는 건조한 장례가 될 뻔했지만 다행이었다. 비는 언제나 장사를 망치는 반갑지 않은 손님이었지만 오늘은 달랐다. 부디 이비가 304호와 동생 주변의 꽃에 잘 스며들기를.

—

비가 와서 출근하지 않는 날, 306호 아주머니의 시끄러운 찬송가 소리가 복도에 울렸다. 입은 찬송을 하면서 전화 통화를 할 때는 저주를 퍼부었다. 그릇된 믿음이 흉기처럼 느껴졌다. 절대 예수님의 향기가 느껴지지 않은 여자에게서 나오는 찬양은 듣기 싫은 괴성이었다.

—

며칠 후 306호 대신 집주인이 직접 찾아와 문을 두드렸다. 월세가 너무 많이 밀리고 있으니 집을 비워달라고 했다. 점잖고 차분한 말투로 이 집을 계속 점거하면 불가피하게 법적인 대응을 할 수밖에 없다는 말에 사정을 구구절절 설명할 필요를 느끼지 못하고 그동안 잘 지낼 수 있게 배려해주셔서 감사하다고 말했다. 보증금마저 깎인 이상 더 이상 머무를 수도 없었다.

그렇게 조금 더 낭떠러지의 가까운 곳으로 밀려났다. 더 월세가 저렴한 집이었다. 잠깐이라도 304호를 이용하려고 나쁜 마음을 먹었던 것에 대한 형벌이라고 생각했다. 그래도 생각보다는 낮은 형량이다. 다행히 이 동네에는 월세가 더 저렴한 집들이 많았다. 낮에도 햇빛이 전혀 들지 않는 좁은 집이었다. 이사라고 하기에도 민망한 것이 '가방 몇 개 옮기기'라는 말이 더 적절했다. 가방 몇 개, 이것이 가벼운 내 삶이었다. 내 짐만큼 삶의 무게도 이렇게 가벼웠으면……

좁고 어두운 방에 304호에게 줬던 물고기 인형을 한 움큼씩 집어들어 풀어놨다. 가벼운 인형도 무겁게 느껴질 만큼 피곤에 찌든 하루였다. 침대와 현관, 창틀에 예쁜 물고기를 놓고 한동안 쳐다봤다. 이곳이 바다가 아니라 축축하고 습기가 많은 곳이라 미안했다. 더 정확히는 304호에게 미안했다.

그래도 칙칙한 이 방을 밝게 하는 건 형광등 빛과 저 물고기들이었다. 자연광이 아니어도 감사했다. 더 바닥으로 내려왔지만 완전한 절망에서 부여잡고 살아야 할 희망의 아이콘들.

내가 만든 세상에 하나뿐인 액세서리와 가죽공예 작품을 팔 수 있는 작은 가게, 내 몸 하나 뉠 수 있는 집으로 이사 갈 수 있다면 봉사하며 살고 싶은 소박한 꿈이 생겼다. 이 정도의 꿈은 나에게도 허락하지 않을까.

비록 인형이었지만 형형색색의 관상어들을 보며 웃는 나의 모습은 더 이상 괴물처럼 보이지 않았다. 오늘 같은 날은 죽은 동생도 304호도 꿈에 나와줬으면……

３０１호　　　３０２호　　[３０３호]

３０６호　　　３０５호　　　３０４호

불쾌한 전화가 왔다. 목소리와 언행은 매우 정중했지만 다시
경찰서에 가야 하는 건 여간 스트레스가 아닐 수 없었다. 참고
인으로 나와달라는 말이었다. 시간은 상관없다며 내가 편한 시
간이면 좋겠다고 했다. 퇴근 이후 저녁 8시로 약속을 잡았다. 한
시간 정도를 계획했지만 30분도 지나지 않아 참고인 조사는 끝
났다. 뭐, 생각보다 빨라서 좋았다.

304호와의 관계에 대한 질문이었다. 사회복지사로서, 앞집에
사는 언니로서 모든 것을 사실대로 말했다. 예전에는 컵케이크,
과일 같은 음식을 챙겨주다 최근에는 한 달 넘게 304호에 방문
하지 않은 사실, 그리고 가끔 전화가 왔을 때도 10초 이내로 짧

게 통화했을 뿐 다른 접촉은 없었다고 말했다.

너무 덤덤히 얘기하니 경찰은 슬프지 않냐는 식으로 몰아갔다. 사실 슬픈 것보다는 놀랐다. 앞집에서 누군가가 자살했다면 그건 놀랄 만한 일이니까. 더구나 304호였으니.

내가 아는 선에서 최대한 수족관과 화분에 대한 기억을 꺼냈다. 형사는 지난번에 갔을 때 묘목이 있었던 것을 아느냐고 물었고, 본 대로 사실대로 말했다. 화분 따위에 관심이 없어 묘목이든 꽃이 폈든 내 관심사가 아니라고.

304호가 평소에 차를 마시냐고 물었다. 난 304호에게 달달한 탄산음료 대신 건강에 좋은 차를 마시라고 권유했다고 말했다. 건강을 생각해서 다이어트도 하고, 테라스에서 화분을 관리하고 햇볕을 쬐며 비타민D를 합성하는 것이 좋겠다고 말이다.

물론 알아듣지 못했지만 304호는 내 말이라면 철석같이 믿고 잘 따랐다. 지능이 높지 않지만 잘 훈련된 그런 강아지였다.

꽃의 종류는 잘 모르지만 히비스커스차는 붉은 색깔도 예쁘고 특히 여성들에게 좋다는 걸로 알려져 있어, 304호에게 추천하니 304호가 다음 날 히비스커스 화분을 끙끙대며 들고 왔다고 말했다. 304호는 어려운 단어를 외우듯 히비스커스, 히비스커스를 수십 번 반복했다. 그리고 전화로 또 물어봤다. 그렇지만 난 '히비!'라고 말하면 알아들을 것이라는 말은 하지 않았다.

히비스커스, 팬지 등 꽃을 좋아하는 304호답게 테라스는 화분으로 가득 차 있었다. 며칠 지나서 집에 가면, 꽃차를 준비하기도 했다. 진한 에스프레소를 좋아하는 나에게 꽃차는 관심 밖이었다. 사실대로 얘기하는데 형사는 다시 묘목에 대한 질문을 던졌다. 나는 똑같은 답을 할 수밖에 없었다. 꽃에는 전혀 관심 없다고.

304호의 계좌에 대해서도 물었다. 304호의 계좌 내역까지 어떻게 알 수 있겠냐며 화를 냈다. 증거도 없이 묻는 유도신문에 불쾌한 마음을 온몸으로 표출했다.

안 쓰고 차곡차곡 모았던 장애인연금을 인출해간 사정을 왜 나에게 묻는지 알 수가 없었다. 사회복지사라고 해도 개인 금융까지 터치할 수 없다는 걸 무능한 형사만 모르나 보다.

"더 궁금한 게 있으시거든 이제 영장을 가져오세요. 참고인 조사만 몇 번이나 받는 지 협조하는 데도 한계가 있네요. 평범한 시민에게 이렇게까지 하다니 경찰도 너무하는 것 아닌가요?"

증거도 없이 유도신문하는 것이 같잖다. 중세 마녀사냥도 아니고, 어떻게든 자백만을 받아내려는 무능한 작자다.

[3 0 1 호]　　3 0 2 호　　3 0 3 호

3 0 6 호　　3 0 5 호　　3 0 4 호

지나치게 줏대 없이 남에게 이리저리 휘둘리는, 영혼이 매우 연약한 사람들을 자주 본다. 땅에 힘이 없어 자기 주관을 생장시키지 못하는 부류다. 그런 사람들은 따끔히 혼내주는 게 최고의 치료법이다. 각성하게 하는 데는 무서울 만큼 강한 눈빛과 표정, 목소리로 겁을 줘야 한다. 거기에 가장 듣고 싶지 않은 말을 건네면 금상첨화다. 허약할수록 강한 약을 쓴다.

—

아니 이게 누구신가. 학수고대하며 벼르던 손님, 306호가 신당으로 찾아왔다. 안 그래도 언젠가 손봐줄 참이었는데 제 발로 기어들어오다니. 전능한 신이 내게 보낸 것이다. 아마도 301호에 사는 여자의 신당이라는 건 몰랐던 눈치였다. 보잘것없는 얄은 신앙으로 여기까지 오는 게 얼마나 망설여졌을까. 하필 그게 나라니, 웃음을 참으며 근엄한 표정을 지으려 애썼다. 306호는 흠칫 놀란 눈치로 자리에 슬며시 앉아 301호가 술집 여자가 아니었구나, 하고 머쓱하게 말했다. 교회에 다니면서 나를 찾아오는 게 낯부끄러웠는지 친구 핑계를 대며 웅얼거렸다.

급하면 교회건 성당이건 무당이건 와야지, 나는 다시 한 번 매서운 눈으로 다그치고 본론만 얘기하라고 말했다. 아마 진한 눈 화장 때문인지, 어두컴컴한 장소 때문인지, 남모를 기운 때문인지 306호는 나에게 압도되는 것 같았다. 큰 몸이 점점 작아졌다. 입술은 삐죽이고 어깨가 좁아지고 몸은 한껏 움츠러들었다. 끝내 겁먹은 강아지처럼 공손해졌다.

"딱 보니 집안일이 더럽게도 안 풀려서 기어들어왔구나."

"……"

"뭘 그렇게 쳐다만 봐! 아들 때문이지?"

"네……. 제 팔자가 처량해서 아직 자리도 못 잡고 청소하면서 사는 거 같은데요."

306호는 다소곳한 표정으로 두 손을 모아 존댓말을 썼다.

"당신 어깨 너머에 당신 아들의 미래가 보이는데, 어디 보자.

사람들이 많이 얽혀 있고, 혹시 다단계 쪽 일하나?"

"아니, 어떻게……."

"이 어리석은 년아, 그런 다단계에 헛된 희망 품고 사는 아들을 말리지 그랬나. 다른 사람 등쳐먹으려는 게 아닌가!"

"그럼 어떻게……."

"팔자는 바꿀 수 없는데 어떡하지. 가만 보자. 당신 가족을 꽉 붙든 귀신부터 달래서 보내야 하는데 말이지."

나는 얼핏 엄마뻘인 306호에게 반말로 응대했다. 무당은 신의 이름을 빌어 지위고하, 남녀노소를 막론하며 어떤 말이든 할 수 있다는 사실을 고스란히 즐겼다. 누군가의 약점을 알아낼 때가 가장 행복한 순간이다. 약점을 아는 게 수입과 직결된다. 더 좋은 것은 스스로 약점을 내게 보일 때다. 강아지가 가장 약한 배를 드러내며 먼저 신뢰를 보이는 것처럼, 이 늙은 개 같은 여자는 지금 내게 배를 드러내 보이고 있었다.

"앞으로 어떻게 살아야 할지 궁금해서요……."

나는 잠시 306호의 눈을 지그시 응시한 후 눈을 감은 상태에서 말했다.

"기구한 팔자는 그렇다 치고, 집터가 안 좋아. 귀신이 당신 발목을 꽉 붙들고 안 놓고 있으니까 뒤도 돌아보지 말고 떠나는 게 좋을 거야. 나 같은 사람이 아니면 그 건물에서 못 버티네. 벌써 그 건물에서 죽어 나간 사람이 몇 명인지 잘 알지 않은가!"

306호가 아무 말 못 하자 나는 말을 더했다.

"당신 아들 하나 있지? 아들이 당신 인생을 책임져줄 거라는 알량한 생각이나 하고 있지? 그 다단계인지 뭔지 하는 사업으로?"

"……"

"어디 보자, 남편은 있는데 같이 살고 있진 않고."

"남편도 보여요?"

"일단 지금 붙어 있는 귀신들은 다 떼어내야지. 그래야 돈 한 푼이라도 만져보고 죽지. 고독사할 팔자야. 팔자가 박복해서 당신 같은 사람 돈은 부정 타서 안 받을 테니 썩 돌아가!"

"그래도…… 방법을 알려주세요. 선생님."

나는 말없이 고개만 절레절레 저었다.

"제가 어떻게 하면 되겠어요. 선생님."

다시 되묻자 나는 크게 한숨을 내쉬며 말했다.

"그렇다면 모든 걸 다 내려놓고 가. 하나도 남김없이. 죽고 못 살아도 남편에게 붙어서 살아. 어떻게든 옆에 붙어서 살아. 시원찮아도 남편만이 너를 살려줄 귀인이니까."

"남편도 저도 더 벌어 모아야 하는 형편인데……"

"아들한테 주려도 돈 모으는 짓도 그만하고. 그 돈이 아들을 살리는 게 아니라 독이 된단 말이야. 왜 이리도 무지한가. 붙은 귀신을 떼어내야 한다는 말이네!"

나는 306호의 말을 끊고 마지막에 한마디를 더했다.

"안 그러면, 당신 아들이 죽어. 지금 3층에서 사람 여럿 죽인 자살귀가 당신 아들한테 가 있어. 가장 소중한 것을 뺏는다는 말일세! 왜 그걸 모르나. 아들이 죽고 나서야 후회할 건가!"

효과 빠른 공포약 처방은 언제나 옳았다. 306호를 정신 차리게 할 것은 가족이었다. 두터운 신앙으로 살아온 306호는 고민하지도 않았다. 평생 쌓아온 믿음의 반석이 얼마나 튼튼하고 높은지 즐거운 마음으로 지켜보는 일만 남았다.

그날 밤, 306호의 문이 열리는 기쁜 소리가 들렸다. 내 짐작이 맞았다. 306호의 믿음은 돈보다 얇았다. 빛에 비추면 지폐 인물이 보일 정도로 가볍고 얕았다. 그 빛에서 본 얼굴이 나일 줄이야. 내 집 문을 두드리는 소리가 들리자 기쁜 표정을 거둔 채 문을 열었다. 겁에 질린 표정으로 문 앞에 서 있는 306호를 집으로 이끌었다. 인사도 없이 아들을 어떻게 살릴 수 있냐고 묻길래 아까 이미 알려주지 않았냐, 모든 걸 내려놓고 떠나야 한다고 말했다. 306호의 고개는 바닥 면과 90도를 유지했다.

"빈곤하게 죽은 자살귀를 잘 달래주어야 하네. 가장 질긴 게 자살귀란 말이네."

306호는 뭉툭한 종이가방을 현관 앞에 툭 하니 내려놓았다. 뭉툭한 두께로 보아 고액권이라면 매우 큰돈이고, 그렇지 않아도 그럭저럭 괜찮은 돈이었다. 안 그래도 시끄러운 찬송가와 듣기 싫은 목소리를 쫓아내버리는 건 덤이었다.

"남편한테 걸리면 전 죽은 목숨이에요."

"네 아들에게 붙은 자살귀가 더 급한 문제지! 네 남편은 나중에 걱정해."

천천히 위엄 있는 표정과 걸음걸이, 적당히 센 악력으로 306호를 무릎 꿇게 하고, 그녀의 머리에 손을 얹었다.

"옳지, 옳지. 고개를 숙여야지."

5분여 정도 알아들을 수 없는 말을 중얼거리며 손에 리듬을 주며 움직이자 306호의 머리도 내 손에 놀아나 리듬을 탔다. 실컷 리듬을 타다 마지막에 손에 힘을 주며 306호를 힘껏 밀었다.

"이제 도망갔는지 볼까?"

다시 눈을 감고 한마디를 더했다.

"끈질긴 놈!"

뱃속에서 호흡을 끌어모아 손끝에 힘을 꽉 주며 다시 306호의 머리를 밀어 넘어뜨렸다. 늙은 여자가 발라당 누워서 멀뚱히 쳐다보는 모양새에 웃음을 터뜨릴 뻔했다. 평소처럼 영혼들과 싸우다 지친 영매의 거친 호흡으로 의식을 마무리했다.

"이제 됐다. 어서 떠나거라. 지체하면 다시 자살귀가 붙어!"

306호의 지친 몸은 휘청거렸지만 얼굴은 이제 됐다는 만족스러운 표정이었다. 매우 지친 표정으로 문을 나서는 뒷모습을 보니 안쓰럽기도 하지만 정신적 안정을 되찾아줬다면 충분히 서비스를 제공한 셈이다. 큰 몸이 비틀거리는 모습이 가련했다. 허겁지겁 도망치듯 나가는 306호의 모습이 사라지자 두툼한 봉투를 확인했다. 이제 조금만 더 모으면 새롭게 시작할 수 있다.

—

이제 귀신은 보이지 않는다. 한편으로는 좋은 일이고 또 다른 한편으로는 생계를 걱정할 상황이다. 보이지 않는 대신 잘 들릴 뿐이다. 난 본인의 입으로 떠들어댄 정보를 취합했을 뿐이다. 306호의 두터운 신앙이 이렇게 쉽게 깨지다니 사이비는 역시 마음에 구멍 난 사람을 물들이는 법이다. 잘못된 신앙이어서인지 깨뜨리기도 쉽다.

306호 같은 사람을 요리하는 방법은 강한 불에 빠르게 요리해야 한다. 중불, 약불은 필요 없다. 공들일 필요 없이 겁을 주면 끝난다. 눈처럼 순백하다고 해야 하나. 아니, 사이비에게 흰 눈은 어울리지 않는다. 조금 더 멍청할 뿐이다.

과거의 내가 그랬던 것처럼 돌려주는 것일 뿐이다. 사이비 목사에게 사기당한 금액을 복구하고 어머니와 함께 살기 위해선 똑같은 방법을 쓸 수밖에 없다. 죄책감의 질량보다 무거운 게 내 현실이다. 어차피 나도 피해자다. 306호 같은 괴상한 사이비 여자는 당해도 싸다. 나도 피라미드의 높은 단계로 올라가려는 것뿐이다. 306호의 아들처럼. 그뿐이다.

217

301호　　302호　**[303호]**

306호　　305호　　304호

내가 직접 사람을 죽이지 못하는 사람이라는 것을 가장 잘 아는 것은 나다. 아무리 무능한 형사가 나를 의심해도 사실은 영원히 변함없다. 내 손에 피를 묻히지도 못한다. 그래서 생선 요리도 힘들다. 베이킹이 좋은 이유이기도 하다.

그저 내가 힘들다고 얘기하는 푸념에 그쳤다. 다친 아이가 끙 끙 앓는 것처럼 푸념했을 뿐이다.

내 말 잘 듣는 강아지를 키운 게 무슨 잘못인가. 오히려 고마 워해야 마땅하다. 필요할 때 옆에 있어준 것은 나였다. 친구가 되 고 가족이 되어줬다. 그들 옆에서 관찰하며 보살폈다.

남자는 경제가 망가지자 마음이 무너졌다. 이어서 몸이 망가지자 내가 먹던 진통제를 먹였다.

티라민. 두통 유발인자. 신선한 우유에는 없지만 우유가 발효되면서 나오는 티라민 성분은 두통을 유발한다. 레드와인에도 많다. 아질산염. 소시지, 베이컨, 소금에 절인 고기, 살라미에 많이 든 육류 보존제로 관자놀이 부근에 고동치는 박동성의 통증을 유발한다. 관심 있게 살펴보면 두통을 유발하는 음식은 많았다.

언젠가 안주로 치즈에 레드와인을 마시고 두통에 시달렸던 남자의 경험에 기인해 냉장고를 치즈로 가득 채워넣었다. 남자는 레드와인 때문이라고 생각했지만 레드와인과 치즈에는 동일하게 티라민이 있었다. 거기에 티라민이 듬뿍 든 또 다른 음식인 잘 익은 바나나와 아보카도, 아질산염이 많은 소시지와 베이컨은 곧 남자의 두통으로 직결됐다.

남자는 여러 종류의 두통약을 먹었고 그중 피린 계열의 두통약에서 알레르기 반응을 보였지만 굳이 알려주지 않았다. 뭐, 굳이 알레르기 반응을 알려주지 않은 것이 죄책감을 불러일으킬 일은 아니다. 소염진통제(NSAIDS) 알레르기는 피검사나 피부로는 알 수 없다. 확진 유무를 확인할 수 있는 것은 오직 다시 먹고 증상이 발현되는지 확인하는 경구유발검사뿐이다. 나는 똑같은 실험 조건에서 두통이 유발하는지 세심히 살폈고, 다시 두통약을 먹였고, 증상을 잘 관찰했으며, 그는 똑같은 알레르기 반응을 보였다.

　다양한 실험을 마치고 실전의 날. 최후의 만찬을 준비했다. 늘 반병만 마시는 남자를 위해 새 술병에서 절반을 버리고 절반만 남겨놓고 여행을 떠났다. 술에는 피린 계열 진통제를 녹였다.

　하지만 혹시 모를 상황에 대비해 플랜 B가 필요했다. 나는 304호를 잘 구슬려 우유에는 복어의 내장을 넣었다.

　물고기를 아끼는 304호에게 복어를 죽여 내장을 분리, 건조시키게 하는 것은 어려운 일이었다. 하지만 아픈 남자친구를 위해 먹이는 것이라고 설득하고, 병원놀이를 하면서 물고기 인형으로 연습시켰다. 304호와 함께 병원놀이를 할 때는 솔직히 나도 재미있었다. 소아과 의사가 되고 싶었던 나와 간호사 역할을 좋아하는 304호의 궁합은 잘 맞았다. 하지만 사회복지사인 나는 304호를 위해 좋아하는 의사 역할을 양보하고 기꺼이 환자 역할을 감수했다. 304호에게 의사의 비밀유지의무에 대해, 단단히 다짐을 받아놓는 것도 잊지 않았다.

　아픈 남자친구에게 복어가 좋은 약이 될 수도 있다는 말에 304호는 거침없이 복어를 죽여 내장을 분리했을 것이다. CCTV에 찍힐 증거. 304호의 손에는 우유도 들려 있을 것이다. 이 모든 것은 실수다. 304호의 과실치사. 304호는 집 안에 널부러진 많은 물고기 인형들처럼 물고기를 실제로 가지고 놀다가 우유에 넣는 바보짓을 한 것이다. 물고기 인형을 해부하며 놀기 좋아하는 304호. 혹시 경찰이 나를 추궁하면 복어 요리를 좋아한다고 말했을 뿐이라고 "모든 게 부주의한 내 탓이다"라고 안타까움을 담아 진술하면 된다. 좋아하는 언니를 위해 복어를 준 착한 행동이 바보 같은 죽음을 불러온 것뿐이다.

보다 완벽을 기해야 했다. 복어의 냄새를 희석하기 위해 미리 시럽도 넣었다. 치즈를 종류별로 준비하고 두통을 유발하는 모든 안주를 만들었다. 사업 실패로 인한 스트레스는 점점 조여오는 고통을 더 빠르게 했고 티라민과 아질산염은 그 촉매제였다. 거기에 피린 계열의 두통약은 마무리 역할을 멋지게 잘 수행했다.

소염진통제의 알레르기 반응과 복어의 맹독을 함께, 플랜 A와 플랜 B를 함께 썼다. 플랜 A의 실패 유무에 따라 플랜 B를 가동하는 것은 하수들이나 하는 짓이다. 한번에 모든 자원을 총동원해야 확률과 속도를 압도하며 원하는 것을 얻을 수 있다.

경찰은 나를 수사선상에 놓을지언정 절대 잡아들이지 못한다. 부주의는 범죄가 아니다. 나는 빠져나가기 힘든 아주 촘촘한 덫을 놓았을 뿐이고 제 발로 내 집에 들어와 덫 위의 치즈를 먹은 것은 남자였다. 내가 남자의 입을 벌려 먹게 한 것도 아니고 어디까지나 스스로 먹었다. 그러니 자살도 아니고 명백히 지병에 의한 사망이다. 굳이 죄책감에 매몰될 이유도 없다. 남자는 정성 들여 놓은 덫에 걸려들었고 그렇게 실험에 성공했을 뿐이다. 나는 정밀한 관찰자의 역할. 그게 전부였다.

남자가 술로 서서히 간을 죽여가고, 수면제와 각성제를 동시에 먹으며, 가짜 비아그라를 계속해 먹은 것은 맞지만 분명한 건 강요하지 않았다. 몸을 혹사시킨 건 남자였다. 스스로 타버린 것은 어디까지나 자기 탓이다. 그래도 심장발작이나 간독성에 의한 타격이 아니라 급성 알레르기 반응에 의한 질식으로 빠르게 죽을 줄은 꿈에도 몰랐다. 마지막에 이르러 제 몸에 기름을 끼얹은 듯 너무 빨리 타버렸다. 급히 병원으로 달려가 마지막 인사 정도는 해야 완벽한 마무리가 되는데 질식이라니.

304호에게 꽃잎과 줄기를 달여 마시는 게 똑똑하고 예뻐지고 피로 회복에 좋다는 말은 조금 미안하기도 하다. 다음 생은 반드시 똑똑하고 예쁜 간호사가 될 것이라 나는 믿어 의심치 않는다. 하지만 은행도 망할 수 있으니 현금으로 가지고 있어야 한다는 말은 틀린 말이 아니다. 은행도 언제든 망할 수 있다.

뱅크런이니 대공황이니 304호가 감당하기 어려운 말들을 진지한 표정을 더하면 더 겁먹고 온순해졌다.

어차피 선택은 스스로의 몫이다. 남 탓은 못난 인간들이나 하는 자기 위로다.

304호는 이제 없다. 반드시 천국에 갔을 것이다. 생각해보면 어린아이 같은 천진난만함이 좋았다. 순수함. 순결함. 충직한 강아지. 그 아이를 다시 보고 싶어질 때가 있다. 오늘 같은 날.

—

　지역 유지인 후원자가 웬일인지 복지관 직원들에게 한턱 낸다고 분위기가 들떴다. 기억을 더듬으면 매년 비슷한 성격의 회식 자리가 있었다. 권력에 한 번 취해버리면 깨어날 수 없다는 속성을 잘 아는 복지관장은 그의 비위를 잘 맞췄다. 중요 선거를 앞둔 날이면 다수의 유지들에게 후원회 이사 직함을 부여하기도 했다. 그는 정치 지망생이었다. 낙선한 후원자가 다시 정치를 시작하려나 보다 생각했다. 선거법에 저촉되지 않으려 지금 미리 사진 찍으려는 자리였다. 그는 관내 장애인 복지를 위해 신경 쓰는 직원들을 위해 고급 요리를 사겠다고 했다. 생선보다는 소고기가 좋은데 유지의 입맛에 따른 선택이니 어쩔 도리가 없다.

　자수성가한 부자의 배포에 맞게 유명 생선요리 전문점을 통째로 빌렸다. 생선도 정치도 좋아하지 않는 나로서는 무관심한 표정으로 빨리 자리가 파하기만을 기다렸다. 직원들이 모이자 그가 헛기침으로 주의를 끌더니, 천천히 일어섰다. 부산하던 직원들의 움직임과 표정이 점점 한곳으로 모여들더니 이내 사람들 시선과 귀는 늙은 남자 쪽을 향했다. 그는 잠시 침묵을 유지하며 관심을 더 모았다. 그러고는 목소리를 두어 번 더 가다듬으면서 비장한 표정으로 말했다.

　"복어는 한 마리로 30명을 넘게 죽일 수 있는 독이 있지. 하지만 이런 독을 잘 이용하면 치료제로도 사용할 수 있는 법이야.
자, 돈은 독이 아니야. 돈은 얼핏 보면 화려한 독버섯처럼 아름
다운 자태를 뽐내지만 잘 쓰면 약이 되지."

"맞습니다!"

아부하기 좋아하는 직원이 대꾸하자 유지의 표정은 살아났다.

"나를 부동산 졸부라고 욕하는 작자들도 있지만 그건 내가
부러워서 하는 소리지. 가지지 못한 자들의 말일 뿐. 나는 독을
약으로 쓸 수 있는 사람이야. 같은 물도 뱀이 마시면 독이 되지
만 소가 마시면 우유가 되는 거 아니겠나? 돈이라는 것도 마찬
가지야."

선거철마다 많은 후원을 하는 지역 유지를 위해 복지관 직원
들은 대동단결해 그를 찬양했다. 여기저기 박수 갈채가 터져나
왔다. 큰 박수와 아부는 종종 더 큰 후원으로 돌아온다는 것을
결코 잊지 않았다. 나도 초롱초롱한 눈으로 그를 바라보며 손바
닥이 아플 정도로 박수쳤다.

그는 자신이 가진 돈을 독에 비유했다. 약으로 쓸 수 있는 복
어와 뱀의 독, 버섯을 빗대어 그럴싸하게 사람들을 선동했다. 이
미 목소리와 제스처, 표정만큼은 유력한 대권주자였다.

눈치 없는 직원이 지역 유지의 기를 살려주기 위해 흐름에 맞
지 않게 과장된 웃음을 섞어 아부했다. 그러자 다른 직원들도
너 나 할 것 없이 이어 아부했다. 큰손들에게 후원을 받기 위한

복지관 직원들의 알려진 노하우였다.

"하하, 대표님은 정말 모르는 게 없으십니다."

"건설업만 아는 게 아니라 모든 분야에 해박하십니다."

"대표님, 언제 그런 것까지 다 공부하셨습니까? 비결 좀 알려주십시오. 저희도 배우고 싶습니다!"

여기저기서 남자를 찬양하는 소리가 솟구쳤다. 지역 유지는 삐져나오는 웃음을 애써 죽이며 말을 이어갔다.

"나는 산전수전 공중전을 다 겪은 몸이지. 내가 어떻게 부동산으로 부를 일궜겠나? 온실 속의 화초처럼 살았다면, 지금의 나는 여기에 없어. 짓이기고 무수히 밟혀왔으니 지금의 내가 있는 거지. 수족관에 갇혀 살면서 주인이 주는 먹이만 받아먹는 관상용 복어는 독이 없어. 거친 바다에서 거친 물살과 파도를 겪은 복어가 진정한 맹독의 주인이 될 자격이 있는 거야. 이렇듯 자격은 스스로 만드는 것이지."

"정말 멋지십니다."

"맞는 말씀이십니다!"

모든 직원들의 눈이 한곳을 향했다. 정치 지망생이 한순간에 지지율 높은 대통령 후보가 됐다. 그는 커다란 광장에서 대중 연설하듯 한껏 들뜬 표정으로 말을 더했다.

"자네들 중에서 협죽도라는 꽃나무를 아는 사람이 있나? 독화살을 만들고 사약을 만들 때도 쓰지. 청산가리보다 6천 배 강한 독성으로 알려져 있지만 이는 과장된 거야."

"뉴스에선가 본 적 있습니다!"

눈치 빠른 과장이 재빨리 대꾸했다.

"협죽도는 약재로도 쓰이지. 하지만 그건 잘 다루는 사람이 소량을 썼을 때 약재가 된다는 것이지, 다량으로 섭취하면 몸이 견뎌내질 못해. 마찬가지로 나는 오랜 경험을 바탕으로 독을 약으로 만들 수 있는 노하우가 있지."

"그 노하우가 뭡니까, 대표님?"

"중요한 건 적재적소에 얼마나 예산을 투입하느냐에 따라 달려 있는 거야. 필요한 곳에 적당히 예산을 써야지, 마구잡이로 달여서 먹으면 죽는 거 아니겠나? 그래서 이번 정권의 복지 포퓰리즘을 없애고 기업에 투자하면 어려운 사람들의 일자리도 마구 생겨날 거야. 물이 위에서 아래로 흐르는 것처럼 돈도 위에서 아래로 흘러야 자연의 이치에 맞는 것이야."

"맞습니다!"

"저랑 생각이 똑같아서 소름 돋았습니다."

—

아, 젠장! 머릿속이 욕으로 가득 찼다. 다른 사람들 눈에는 술기운 오른 얼굴로 보이도록 차가운 술을 들이부었다. 독한 술보

226

다 늙은 남자의 말에 얼굴이 달아올랐다.

그동안 나를 괴롭혔던 의문이 저 걸걸한 아저씨의 목소리를 통해 풀리다니, 저 남자가 나이를 헛먹은 건 아닌 모양이다. 아, 수족관의 복어는 독이 없구나. 그래서 그랬구나.

좀 더 알아봤어야 했다.

집에 들락날락하던 수캉아지에게 복어를 주게 만든 304호에게 미안해지는 순간이었다. 괜한 고생을 시켰다. 그렇다면 복어 내장을 갈아 넣은 우유와 예거마이스터는 마지막 선물이라고 봐도 된다.

복어의 맹독 성분이 왜 안 나오는지 이유가 밝혀지자 조금은 허무했다. 자연의 거친 삶을 겪지 않고는 독을 가질 수 없다는 건 사람도 마찬가지라는 생각을 했다. 뭐, 누구나 그렇다.

그래도 복어로 남자가 죽었다면 304호는 지적장애라 형사처벌 받지 않고 죽지도 않았을 텐데, 하는 아쉬운 마음은 어쩔 수 없다. 둘 다 바보처럼 스스로 불을 질러 하얗게 타버렸다.

내가 생선은 잘 모르지만 협죽도는 전문이다. 저 늙은 아저씨는 잘 모르고 하는 말이다. 소량을 약으로도 쓰는지는 모르는 일이지만 지나치게 다량을 먹을 필요도 없다. 작은 묘목에서 피어나는 꽃과 줄기를 차로 우려 마시면 인간에게 치명적이다. 지병을 앓고 있다면 더욱더 소량만 써도 트리거가 된다.

온대성 식물이라 따뜻한 실내에서 햇볕을 쬐면서 키우면 묘목이 금세 꽃을 피운다. 햇빛과 온도로 생장주기를 조절할 수 있다. 저 아저씨는 어디서 들은 사실만 가지고 말하지만 나는 오직 실험 결과로 증명한다. 내가 볼 때 저 사람이 정치하면, 자기 잇속만 챙길 게 분명하다. 저런 사람은 정치하면 안 된다.

나는 결코 표를 주지 않을 것이다.

—

복어 요리를 맛있게 먹고 남은 서류 작업을 위해 홀로 사무실에 들렀다. 문득 내 강아지가 생각났다. 304호를 추억하면서 무의식적으로 관내 장애인 목록을 살폈다. 분기별로 관내 장애인을 재조사해 분류한 따끈한 새 리스트였다. 304호부터 살폈지만 지워져 있었다. 사람이 지워지는 것은 칼 같았다. 냉혹한 사회다.

리스트를 쭉 살펴보다 눈이 번쩍 뜨였다. 낯익은 주소가 보였다. 왜 그동안 보지 못했을까. 양극성 우울장애라니. 다른 정신병을 많이 취급해봤지만 특히 양극성장애, 이건 내가 전문이다. 내가 스스로 치유했던 병. 아니 어쩌면 아직 앓고 있는지 모른다. 그래도 사회생활을 문제없이 잘 관리하고 있으니 나를 뛰어넘는 전문가는 어디에도 없다.

왜 이제야 알았을까. 가만히 살펴보니 너무나 익숙한 곳이다. 이 집의 계약 기간도 얼마 남지 않았다. 서둘러야 한다.

직접 내 눈과 귀로 확인했다. 그동안 1년 하고도 반이 훌쩍 넘도록 다른 사람은 한 명도 드나들지 않았다. 일하지 않아도 생활이 가능하다면 분명 돈이 있다는 것. 빠르게 움직여야 한다.

오랜만에 다시 오븐을 데웠다. 요리 재료를 다듬고 불을 가하고 가지런히 접시에 플레이팅까지 하는 식사가 있는 반면, 조리되지 않은 상태에서 재료를 직접 목구멍에 집어넣어야 할 때도 있다. 지금처럼 속도가 필요한 순간에는.

사람 길들이는 데 필요한 먹이는 경험상 달콤한 것이 가장 좋다. 예리한 면도날 끝에 발린 꿀을 핥으려고 달려드는 바보들은 위험을 보지 못하고 늘 꿀만 탐한다. 난 이런 바보를 가장 잘 아는 전문가다.

남자의 보험금과 304호에게 얻은 돈, 거기에 조금만 더하면 멋진 베이커리를 열 수 있다. 얼마 안 되는 월급에 내 사명감을 태울 수는 없다. 내 노력에 맞는 돈이 필요하다. 좋은 재료를 아끼지 않고 듬뿍 넣는 근사한 베이커리를 만들어, 내 빵을 먹는 사람들의 행복한 표정을 보면서 살아야 한다. 그리고 안정된 집도 가져야 한다. 나 정도면 열심히 살았으니 하늘이 그 정도는 허락하지 않을까.

내게 맡겨놓은 것도 아니면서 복지 서비스가 좋네 마네 요구만 하는 사람들과는 이제 안녕이다. 나는 더 이상 당신들의 친절한 셰프가 아니다. 어차피 무료로 먹으면서 입맛에 안 맞는다고, 다시 요리하라는 항의 전화를 받을 필요도 없다. 행복한 일을 하며 행복한 사람들을 보고 싶다. 그거면 된다.

　나도 내 행복을 찾아서 떠나야 한다. 이 지긋지긋한 동네를 벗어나는 것부터 시작해야 한다. 내 퇴직금은 아직 마련되지 않았다.

301호 **[302호]** 303호

306호 305호 304호

집주인에게 연락이 왔다. 306호 아주머니가 떠나자 직접 집주
인에게 연락이 온 것 같았다. 그는 그동안 일어난 여러 사건들을
별거 아닌 듯 치부하며 지금은 3층 방들이 몇몇 비어 있지만 다
른 세입자들이 들어오면 금세 괜찮아질 거라고 계약을 연장하
고 싶어 했다. 나는 정중히 거절했다. 이미 다른 동네를 눈여겨
보고 조만간 이사를 계획하고 있었다.

3층 오른쪽 라인인 304호, 305호, 306호는 계속 비어 있었다.
3층엔 나와 301호, 303호만 남았다. 갑자기 절반이 사라지자 휑
한 느낌마저 들었다.

이른 저녁, 303호의 문이 열렸다. 일고여덟 발자국 소리가 들

리더니 노크하는 소리가 들렸다.

똑. 똑. 똑. 똑.

뭐지? 문을 두드리는 소리가 정중하다. 짧은 노크 소리가 사라지자 다정하고 익숙한 말투가 이어졌다. 두 소리 모두 듣기 좋았다. 오랜 친구이자 사랑하는 연인 같은 느낌이었다. 나도 모르게 눈이 그렁그렁 반짝였다.

반가운 마음에 현관까지 한걸음에 달려 나갔다. 차가운 복도에서 1초라도 더 기다릴 303호에게 미안해 서둘러 문을 열었다. 내 얼굴은 소리를 처음 들은 신생아 표정처럼 싱그러웠다.

"안녕하세요? 우리 처음 보네요. 저 옆집인데……. 제가 실수로 컵케이크를 많이 만들어서요."

"아, 안녕하세요? 처음이네요, 우리……."

다정한 표정과 목소리가 케이크보다 더 달콤했다. 누가 봐도 예쁜 얼굴이 수줍게 웃고 있었다. 이윽고 수줍음을 거두고 미소를 지어 보였다. 입꼬리가 아름다운 따뜻한 미소였다. 다른 한쪽 손에는 엽서도 있었다.

"우편함에 이 엽서가 있어서 갖고 왔어요."

엽서를 보니 내 손글씨다.

이제는 괜찮지?

1년 뒤 엽서를 보면 그 때는 웃을 수 있지?

남들에게 하듯 내 마음을 다독여주렴.

303호는 달콤하게 다가왔다.

[３０１호] ３０２호 ３０３호

３０６호 ３０５호 ３０４호

302호의 문을 두드리는 소리가 났다. 그리고 303호의 웃음소
리가 들렸다. 302호의 수줍은 웃음소리도 함께 들렸다. 나는 테
이블 위에 놔둔 302호의 엽서를 손에 들었다.

엽서를 만지작거리며 귀를 쫑긋이 현관문에 붙였다.

더 이상의 눈물도 고통도 없을 미래의 나에게.

온전히 홀로서기에 성공해 있을 1년 뒤의 나에게.

미리 축하해.

강하게 살아남은 나에게 찬사를.

죽다 살아난 나를 위해.

234

"안녕하세요? 우리 처음 뵙네요"라는 말이 들렸다. 나 역시 엽서와 초콜릿을 들고 302호로 향했다.

시간이 없다. 지체하면 진다.

신선한 먹잇감을 눈앞에서 놓칠 순 없다.

똑. 똑. 똑. 똑.

302호의 문을 두드렸다. 첫 방문할 때는 대개 노크를 네 번 정도 해야 한다. 두 번은 친근한 사이일 때, 세 번은 안면이 있을 때.

첫 방문일 때는 노크 네 번이 적당하다.

301호　[302호]　303호

306호　305호　304호

303호를 집으로 막 들이고 몸을 돌리려는데 또 노크하는 소리가 들렸다. 곧장 문을 열자 301호가 처음 보는 표정으로 서 있었다.

"왜요? 무슨 일 있으세요?"

놀란 마음에 목소리까지 떨리는 것 같았다.

"아, 올라오는데 우편함에서 엽서가 떨어져 있어서요."

처음 보는 301호의 미소였다. 301호는 나와 인사를 나눈 후 집 안을 힐끔 훑어보더니 고개를 빼꼼히 내밀어 303호에게도 인사를 건넸다.

"아, 안녕하세요? 303호시네요."

303호도 나를 사이에 두고 301호와 인사했다.

들어오라는 말을 하기도 전에 301호는 현관문을 비집고 들어왔다. 한 손에는 내가 나에게 보냈던 엽서와 작은 초콜릿이 있었다. 나를 빤히 바라봐서 불쾌했던 마음이 눈 녹듯 사라지고 작은 선물과 함께 내 집에 들어온 귀한 손님이 돼 있었다.

—

이웃 사람이 집에 들어온 것은 처음이었다. 더구나 두 명씩이나. 매우 기쁜 마음에 들뜬 표정을 감출 수 없었다. 같은 동네, 같은 건물, 같은 층에 사는 것만으로도 동지 의식이 생겨났다.

나는 서둘러 냉장고로 달려가 간단한 음료를 준비했다. 각자 가져온 컵케이크와 초콜릿을 테이블 위에 두고 주스를 가져와 앉았다. 둘은 동시에 집 안을 훑었다. 청소를 안 해 지저분한 집이 부끄러웠지만 갑자기 들어왔으니 어쩔 수 없었다. 그래도 오랜만에 집 안이 타인의 온기로 채워진다는 느낌은 황홀했다.

"우리 이렇게 보는 거 처음이지 않아요?"

303호가 먼저 어색한 분위기를 깼다.

"그러니까요. 3층에 이제 우리밖에 없잖아요."

301호가 말했다.

여자 셋이 모이자 할 말은 대개 남들과 다르지 않은 것들이었

다. 사람과 대화하는 게 좋아서 어떤 주제의 대화도 고마울 정
도로 좋았다. 가벼운 인사말들이 오가다 301호가 물었다.

"302호는 요즘 좋은 일 많은가 봐요?"

"아, 조금 있으면 이사 갈 거 같아서요."

"그래요? 요즘 웃음소리가 자주 들려서. 어디로 가요?"

"글쎄요…… 몇 군데 놓고 저울질하고 있어요. 아마 작은 아파
트로 갈 거 같아요. 대출도 조금 받아야겠지만요."

"그렇구나, 이 동네 살다가 아파트 갈 정도면 열심히 사셨네
요. 축하해요."

나는 수줍은 웃음을 숨기지 못하고 그렇다고 답했다.

303호가 얘기를 듣다가 물었다.

"이 건물에서 누가 가장 오래 살았어요? 301호죠?"

"아마도요."

"302호는 전에 이 집에서 누가 살았는지 모르겠죠?"

303호의 질문에 301호의 표정이 살짝 굳어지는 듯했다.

"그전에 누가 살았는데요?"

찝찝한 마음에 서둘러 되물었다.

"말해도 되나……."

301화 303호는 서로 눈을 마주보며 머뭇거렸다.

"……왜 그러는데요?"

나는 재촉하듯 둘을 번갈아 보며 물었다.

"아무것도 아니에요. 몇 번 마주친 사람이었는데 친하진 않았거든요. 그런 얘기는 나중에 하고, 우리 다들 비슷한 나이 같은데 앞으로 종종 같이 모여요. 집에 와도 말할 상대가 있어야 말이죠."

301호와 나는 동시에 고개를 끄덕였다. 찝찝한 기분도 마법처럼 순식간에 달아났다. 평소 궁금하던 사생활부터 물었다.

"저는 디자이너인데 다들 무슨 일 하세요?"

"사회복지사예요. 장애인복지관에서 일해요."

303호가 대답하자 301호도 머뭇거리며 말했다.

"영매라고 하죠. 무당이라고 하면 더 이해가 빠르려나."

아, 그래서 예전에 괜찮냐, 일은 잘되냐고 물었구나. 그제야 그동안 301호가 나를 쳐다보던 눈빛과 건넨 말들을 이해할 수 있었다. 문득 내 운명이 궁금했다.

"혹시 점도 봐주시나요?"

"공짜는 없는데…… 그래도 이웃이니까 이번은 그냥 봐줄게요."

301호는 잠시 눈을 감고 움직이지 않다가 시간이 지나자 몸을 부르르 떨면서 눈을 부릅떴다. 조금은 두렵고 또 신기했다.

"302호는 여기서 꽤 많은 돈을 모았고, 앞으로 일도 일사천리로 잘 진행된다고 하네요. 다만 체력을 잘 안배하세요. 감정 에너지도 잘 조절해야 합니다."

"우와, 잘 맞는 거 같아요. 요즘 마음이 극과 극을 달려요. 하루에도 셀 수 없이 마음 상태가 바뀌어요."

가만히 지켜보던 303호가 신기한 듯 물었다.

"그런 게 다 보여요? 혹시 저도 봐주실래요?"

301호는 다시 똑같이 눈을 감고 잠시 후 몸을 부르르 떨며 입을 뗐다.

"303호는 올해 조금 조심하는 게 좋겠습니다."

"왜요? 왜요?"

"음…… 제가 말하는 게 아니라 조심하라는 점괘예요. 조심하는 게 나쁠 건 없으니까 기분 나쁘게 받아들이지 마시고 조금 더 조심하는 게 좋겠네요."

303호가 콧방귀를 뀌었다. 애써 도도한 표정을 짓는 건지 입꼬리가 부자연스럽게 한쪽만 올라갔다. 301호가 보지 않았으면 좋겠다 싶을 만큼 크게 비웃는 표정이었다.

"나는 그런 거 잘 안 믿어서 괜찮아요. 점이라는 게 아무 말이나 짜 맞추면 되는 거니까요. 과학적으로 증명된 것도 아니고 말이죠. 뭐, 보이는 만큼만 믿어야죠. 어쨌든 조심할게요. 고마워요."

"과학도 어차피 철학의 하위 범주에 속합니다. 철학을 한 마디로 정의할 수 있으신가요?"

"철학과 무당이 무슨 상관있나요? 미래를 알면 왜 301호는 이 동네에 살고 있는지 궁금하지 않아요? 비싸고 좋은 동네로 갈 수도 있잖아요. 안 그래요? 미래가 궁금하면 미래학자들이 쓴 책을 보는 게 더 나을 거 같은데요."

303호는 날카로운 표정으로 헛웃음을 지으며 말했다.

"틀린 말은 아닙니다. 내가 말하는 것은 사회나 기술적 변화를 말하는 게 아니라 개인의 미래를 말하는 겁니다. 인간의 팔자, 운명 같은 거 말입니다."

"한 치 앞도 내다보지 못하는 게 개인의 운명 아닌가요? 그런 걸 예측하는 게 가능하기나 할까요? 모호한 말투로 현혹하는 게 아니고요?"

"나쁘게 보면 나는 사람과 귀신의 경계고, 좋게 보면 사람과 귀신을 연결하는 거지요. 두 세계와 접촉하지만 어디에도 속하지 않는 불분명한 사람이라고 할 수 있습니다. 그래서 모호하다는 말이 틀린 말은 아닙니다. 내 접촉 면이 사람이든 귀신이든 그건 중요하지 않습니다. 가운데에 걸쳐 있다는 것이 중요한 것이지요. 단순히 이분법으로, 선과 악, 빛과 어둠, 물질과 정신, 생물과 무생물로 구분하기가 어렵습니다. 모호함 속에서 분명함을 찾는 것은 각자의 몫입니다. 찾을 수도 있고 못 찾을 수도 있지요."

"역시나 모호하네요."

둘 사이에 미묘한 기류가 흘렀다. 집에 온 손님들의 기 싸움에 나는 서둘러 화제를 돌렸다.

"이제 좀 있으면 이 집도 계약이 끝나요. 조금 시원섭섭해요. 우리 좀 더 일찍 친해졌으면 좋았을 텐데 아쉬워요."

"빨리 이 동네를 벗어나는 게 성공하는 거니까, 축하해야죠. 여기서 지박령이 되면 306호처럼 늙어 죽는 거예요."

301호가 말했다.

"그나저나 306호가 더 이상 안 보여서 좋아요. 정말 시끄럽고 짜증났었거든요. 도망치듯 그렇게 빠르게 이사 갈 줄 누가 알았 겠어요. 언젠가 복도에서 제 욕하는 걸 들을 때는 뛰쳐나가서 따지려고도 했었다니까요."

"그 여자 얘기는 꺼내지도 말아요. 생각하면 짜증만 나니까. 그런데 귀신이 부자가 되는 방법은 안 알려주나요?"

303호가 301호에게 따지듯 물었다. 아직 할 논쟁이 남은 것처 럼 말이 날카로웠다. 의외의 대답이 이어졌다.

"당연히 있지요."

301호는 단호한 표정으로 말했다.

"귀신들도 돈을 좋아합니다. 돈이라는 게 많은 사람의 손을 거치면서 닳고 닳지만 나는 거기서 그 사람들의 흔적을 읽어내 지요. 요즘 돈은 숫자일 뿐입니다. 돈이 돈 같지 않지요."

나도 그 말에 수긍할 수밖에 없었다.

"범죄에 이용된 돈, 학비나 병원비로 사용하던 돈. 돈에는 사 연이 있습니다. 물리적인 더러움과 영적인 더러움이 공존하지요. 그래서 돈이 가장 더럽다고 하지만 난 그런 사연을 보는 게 좋아서 주로 현금으로 보관합니다."

"그렇죠. 현금으로 가지고 있어야 돈이죠."

303호가 의외로 공감하는 표정으로 말했다.

"나는 은행을 절대 안 믿습니다. 그래서 점을 봐줄 때도 현금으로만 받습니다. 돈에도 귀신이 붙어 있으니까."

"돈에도 귀신이 붙어 있다……."

303호는 301호의 대답을 반복해 입안에서 다시 굴렸다.

"결국 돈 귀신이 돈을 불러오기 때문이죠."

301호와 303호는 처음의 기 싸움을 거둔 채 서로의 말에 공감하며 대화를 이어나갔다.

"돈을 귀신에게 보여주면 더 많이 갖고 싶어 합니다. 사람의 습성과 비슷하다고 볼 수 있죠. 귀신도 사람이었으니까요."

"그럼 어떻게 해야 부자가 되는 거죠?"

나는 너무 궁금한 나머지 둘 사이의 대화에 불쑥 끼어들었다.

301호는 대답 대신 자리에서 일어나 다시 집으로 들어갔다. 대체 왜 그러는 걸까? 생각이 끝나기도 전에 301호가 다시 왔을 때 손에 들려 있는 것은 두툼한 종이봉투였다. 301호는 득의양양한 표정으로 자랑하듯 열어 보였다. 나도 303호도 눈이 휘둥그레졌다. 실제로 그렇게 많은 현금을 본 것은 처음이었다. 어림잡아도 내가 5년은 안 쓰고 일해야 겨우 벌 수 있는 금액이었다.

"대체 어떻게 이렇게 모을 수 있었어요? 이 정도면 다른 동네로 이사 가도 되지 않아요?"

—

301호는 부자가 된다는 의식에 대해 설명했다. 특유의 차분한 톤과 어두운 분위기에 압도되었다. 게다가 돈다발이 눈앞에 있으니 믿지 않을 수 없었다.

"주식이든 부동산이든 가상화폐든 결국에는 현금화할 수 있어야 진짜 가치가 되죠. 그 자체로는 아무 의미도 없습니다. 그냥 종잇조각이고 콘크리트 덩어리고, 디지털 숫자일 뿐."

"그렇죠."

나와 303호는 홀린 듯 고개만 끄덕이며 301호의 말을 가만히 듣고만 있었다.

"돈 모아서 이 동네를 나가는 사람들 보면 좀 부럽지요? 나도 여기서 돈을 꽤 모았는데 이건 일부입니다. 그런데 왜 동네를 안 떠나는 줄 알아요? 힘든 영혼들이, 너무 많아."

303호는 눈을 빛내며 말했다.

"그 의식 진짜로 효험이 있나요?"

"궁금하면 그 의식, 내일 한 번 해볼까요?"

301호는 웃으면서 기다렸다는 듯 대답했다.

"그럼 내일 음식과 술을 준비해줘요. 귀신도 달래고 의식 마치고 나눠 먹으면서 우리도 좀 놀아볼 겸."

—

자리가 파한 후, 301호와 303호에서 콧노래가 흘러나왔다. 친구를 만든 게 기쁜 걸까. 양쪽에서 들리는 흥얼거리는 소리에 나도 화음을 넣어 콧노래를 불렀다. 301호와 303호는 모르겠지만 내가 중간에서 화음을 넣자 꽤 괜찮은 음악이 완성됐다. 너무 기쁜 나머지 큰 소리로 울고 싶을 정도였다. 오빠 가족들과 떠났던 행복 가득한 마지막 여행이 떠올랐다.

또래 여자들과의 대화가 얼마 만이었던가. 우리가 나눴던 얘기들을 다시 떠올리며 새벽녘에야 겨우 잠에 들었다.

다음 날, 나는 은행에서 오만 원권 돈을 준비했다. 제법 많은 돈이 모였다는 사실에 뿌듯했다. 햇살은 유난히 따뜻했다. 늘 같은 햇살을 보면서도 문득 이런 생각이 들었다. 어쩌면 이토록 아름다울까? 이 햇살을 301호와 303호도 누리고 있지 않을까? 같은 햇살을 맞는 것만으로도 강한 연대감을 느꼈다.

나는 멋진 파티를 준비하기 위해 좋은 고기와 술, 과일을 준비했다. 색색의 풍선을 불어 집 안 여기저기에 붙이고 좁은 집에는 인디언 텐트도 쳤다. 친구들을 초대하기 위해 집을 꾸미고 정성껏 음식을 준비하는 일은 근래에 가장 행복한 일이었다. 내 모든 욕구를 채우는 성스러운 행위였다.

똑. 똑.

똑. 똑.

저녁이 되자 한결 부드러운 미소를 띤 301호와 303호가 왔다. 두툼한 봉투와 함께 각각 한 손에는 와인과 텀블러가 들려 있었다. 얼핏 봐도 봉투는 꽤 큰 금액이었다. 모두 합치면 10년은 일해야 겨우 만져볼 수 있는 큰돈이었다. 마치 성공한 여자들처럼 우리는 파티를 시작했다. 허름한 동네를 벗어나는 것이 우리에겐 성공이었다.

"우리 모두 새롭게 시작할 수 있는 기반은 마련했네요."

"열심히 살았으니까요. 이 동네를 벗어나기 위해서."

"어허, 여기서 만족하면 안 돼요. 귀신이 더 욕심나게 해야죠."

301호가 진지한 표정으로 다그치듯 말했다.

"여기서 의식을 치르면 귀신이 이 돈을 더 불려준다, 이거죠?"

"귀신이 돈맛을 보면 정신 못 차립니다. 돈이 있으면 재앙이 있지만 돈이 없으면 더 큰 재앙이 찾아오는 법이지요."

귀신이 붙는다는 게 무섭기도 했지만 빨리 지금의 상황에서 벗어나는 것이 더 급했다. 가난보다 무서운 건 세상에 없었다. 월세 생활에서 벗어나 안정된 보금자리에서 살고 싶었다.

눈앞에 있는 돈을 보면서 301호를 더 신뢰했다. 301호가 돈을 한군데에 모아 의식을 치르기 시작했다. 혼자서 뭐라 중얼중얼하더니 이상한 움직임이 이어졌다. 춤사위도 아니면서 그렇다고 뭔가에 취한 듯 홀린 움직임도 아니었다. 괴이한 움직임이 이어지더니 사자후를 토하듯 거친 호흡을 내뱉었다. 신들린 1인극 공연에 심취해 작은 몸짓 하나하나에 빠져들 정도였다.

10여 분 동안 301호는 무아지경에 빠져들었다. 해괴해 보이기까지 하는 의식은 비교적 빠르게 끝났다.

"이제 귀신이 붙어서 돈을 더 많이 원할 테니 더 많이 모이게 될 겁니다. 술 취한 사람이 술을 더 갈구하는 것처럼, 귀신도 중독되면 벗어날 수 없지요."

301호는 지친 기색으로 느리게 말했다.

"이제 끝난 건가요?"

"귀신이 돈 냄새를 맡고 더 많은 돈을 이 집에 들어오게 했으니까 열심히 한눈팔지 말고 일하면서 벌어요. 돈 냄새를 잔뜩 맡은 귀신이 돈을 더 불러옵니다. 우리는 지금 가난하게 살다가 죽은 돈에 한이 맺힌 귀신들을 깨운 겁니다."

"어째 조금 무서운데요."

"어허, 가난이 더 무서운 법이라니까요. 부자들에게는 으레 다들 하나씩 그런 귀신들이 붙어 있습니다."

301호의 말은 이미 부자가 된 것처럼 자신감이 넘쳤지만 우리는 돈을 그대로 둔 채, 약속이라도 한 듯 전혀 의식하지 않았다.

나는 이어서 고백하듯 머뭇거리며 말했다.

"내일은 은행에서 전부 다 꺼내와도 되나요?"

301호는 고개만 끄덕였고 선심 쓰듯 말했다.

"원래 첫 번째 파도보다 두 번째 파도가 큰 법입니다. 내일은 더 많은 귀신을 부를 테니 더 맛있는 음식들을 준비해주세요."

303호는 자신이 가져온 텀블러를 테이블 밑으로 내려놓았다. 301호는 준비한 와인을 내려놓았다.

"텀블러는 뭐예요? 커피?"

"차요, 분홍색 차. 직접 키운 꽃으로 만든 거예요. 색깔이 예뻐서 오늘 모임과 어울릴 것 같아서요."

303호가 말했다.

우리는 작은 축하 파티를 열었다. 내가 특별히 준비한 스테이크는 화기애애한 분위기를 만들어내는 데 충분했다.

"우리끼리 이렇게 술 마시니까 너무 좋아요."

정말이지 부자가 될 거 같은 마음이 들었다. 두 명의 친구를 사귀게 되었다는 정서적 만족감도 한껏 차올랐다.

"그럼 말리부도 한 잔씩 타 드릴까요?"

"오늘요? 내일 마시는 게 어때요?"

303호가 살짝 혀가 풀린 목소리로 말했다.

"고기에 칵테일 한 잔 마시면 얼마나 좋은데요. 말리부에 오렌지 주스 섞으면 음료수 같아서 술술 잘 넘어가요. 저도 잠이 안 오면 종종 마셔요."

"그럼, 조금만 줘 봐요."

"우리 텐트 안에서 먹을까요? 아늑한 느낌도 좋고."

"캠핑 온 거 같고 좋네요. 형광등은 끄고 저기 있는 따뜻한 색깔 나오는 조명 좀 주실래요?"

인디언 텐트 안에 작은 상을 펴고 조명을 가져와 켰다. 상 위에 잘 구워진 고기를 올려놓자 잘 차려진 성찬이 완성됐다. 셋이 앉아 있으니 어릴 때의 추억이 새록새록 솟았다.

"이런 느낌 오랜만이에요. 소녀 시절로 돌아간 거 같아요."

우리는 말리부를 마시며 이야기를 나눴다. 가벼운 얘기에서 시작해 술이 한잔 들어가니 남자 이야기로 물꼬가 텄다. 주로 303호에서 났던 남자의 소리에 대한 내용이었다.

"지금에야 하는 말이지만, 303호가 남자를 두 명이나 만나는 게 정말 부러웠다니까요."

나는 그동안 궁금했던 걸 물었다.

"남자를 두 명이나 만나요? 제가요? 한 명밖에 없었는데."

303호가 의아한 표정으로 말했다.

"두 명 아니었어요? 분명 두 명이었는데……."

"제 남자친구는 한 명이었는데요."

"이상하다……. 분명 남자가 두 명인 줄 알았거든요."

"왜 그렇게 생각했어요? 내가 그렇게 헤퍼 보여요?"

"아니, 그런 게 아니라, 섹스 스타일이 달라서요. 완전 다른 남자 같던데요."

"네?"

"실은, 옆집이라 다 들렸어요. 한 남자는 거칠고, 또 한 남자는 다정하게 애무도 오래하고……."

303호는 박수 치며 크게 웃었다.

"아, 한 남자예요. 그 남자의 기분과 제 기분에 따라서 매번 달라졌어요. 거칠게 하는 날이 있고, 그렇지 않는 날도 있고. 매번 똑같은 패턴이면 무슨 재미가 있어요. 근데 그 소리가 다 들렸어요? 아, 갑자기 창피해지네요."

"뭐 어때요, 자연스러운 거잖아요. 전 각각 다른 남자인 줄 알았어요. 그래서 발자국 소리가 크게 들릴 때마다 걱정했잖아요. 그때 소리가 너무 커서 신고할 뻔했다니까요."

"그러셨구나. 오해할 만했네요. 정말 다 들렸어요?"

303호는 창피한 표정을 지었다.

"저도 예전에 비슷한 남자와 사귄 적이 있었어요. 집착도 심하고 하루에 전화만 50통 넘게 올 정도였거든요."

나도 옛 이야기를 꺼냈다. 고통스러운 기억이지만 지금은 입 밖으로 꺼내도 괜찮을 것 같았다.

"저런…… 그래서 어떻게 됐어요?"

"헤어질 수 없어서 계속 만났죠. 근데 하루는 여행을 가자고 하는 거 있죠, 마지막으로."

"그래서요?"

"안 그러면 자기가 내 앞에서 죽겠다는데 방법이 없어서 함께 여행을 갔죠. 근데 거기서 사고가 났어요."

301호와 303호가 동시에 아, 하고 탄식했다.

"그런데 지금 사고로 죽은 남자 얘기해서 뭐해요."

"아니, 죽은 건 아니에요. 다쳤어요."

"에이, 우리 좋은 날에 좋은 이야기만 하죠. 근데 왜 301호는 아무 말도 없어요?"

"전 남자를 사귀어본 적이 없어서……."

나와 303호는 어이없게도 웃음이 터져버렸다.

"제가 남자였으면 어떻게든 연락했을 거 같아요."

"에이, 남자들이 엄청 따를 거 같은데요?"

301호는 손을 내저으며 부정했다. 이 동네에 남자 귀신들이 많아서 그 귀신들을 꾀기 위해서라고 말했다. 남자 고객들을 위한 나름의 영업전략이기도 하다는 부연에 우리는 동시에 웃음을 터뜨렸다.

술, 고기, 분위기가 절묘하게 어울려 화기애애한 시간이 흘렀다. 분위기가 한껏 무르익자 진짜 궁금한 말을 꺼냈다.

"근데 어제 말했던 이 집에 살던 사람 말이에요. 어떤 사람이었어요? 계속 생각나서요. 궁금해서 잠도 못 잤어요."

251

301호와 303호는 난처한 표정을 지었다. 머뭇거리더니 301호가 말했다.

"왜 내가 여기에 돈을 가져오라고 했는지 알아요? 그것과 연관돼 있어요."

"왜요……?"

"사실은 여기서 살던 여자가 생활고로 자살했거든요. 경찰이 그랬는데 통장에 잔고가 아예 없었대요. 사업에 실패한 건지, 방탕한 생활을 한 건지."

순간 찌릿한 공포가 온몸을 강타했다. 자살한 사람이 살던 집에 살았다니, 입을 반쯤 벌리고 아무 말도 하지 못했다.

"그 귀신을 달래기 위해서였어요. 그래도 덕분에 하시는 일도 잘되고 곧 이사도 가실 거잖아요. 오히려 고마워해야지요."

취기와 놀란 기운이 동시에 닥쳐왔다. 갑자기 싼 가격에 덜컥 계약해버린 스스로가 원망스러웠다. 자살한 사람이 살던 집이었다니.

"그래도 곧 있으면 계약 기간 끝나니까 말해주는 거예요. 일이 잘돼서 다른 동네로 이사도 가신다면서요. 이 집의 귀신이 도와줘서 가능한 거예요."

나는 아무 말도 할 수 없었다. 화가 났지만 분위기를 망치고 싶지는 않았다. 간혹 악몽을 꾸던 일도 자살한 전 사람이 관련 있을까? 당분간 깊은 잠을 자기는 어렵겠다. 집주인이라면 몰라도 이웃이라면 말해줘야 하는 게 인지상정 아닌가. 서운한 감정은 나중에 반드시 추궁하고 싶다. 그래도 오랜만에 온 손님에게 불편한 속내를 보여서는 안 된다. 호스트의 역할은 손님의 심기까지도 편하게 하는 것이다.

"근데 전에 302호 살던 여자, 301호랑 친하지 않았어요?"

303호가 불쑥 말했다.

"내가 점도 봐주고 종종 연락도 하고 살았는데 갑자기 그렇게 될 줄 누가 알았겠어요. 그 후에 사람에게 마음을 잘 안 주고 살아요. 근데 303호도 304호랑 친하지 않았어요?"

"저도 한동안 힘들었죠. 지금도 생각나요. 정말 착한 친구였는데……."

"맞아요. 304호는 진짜 안타까워요. 빨리 3층에 세입자들이 꽉 차면 좋겠어요. 그때도 이렇게 종종 만나요, 우리."

기쁘고 재밌는 얘기보다 우울하고 슬픈 얘기가 술을 당겼다. 우리는 계속 우울하고 어두운 얘기를 나눴다. 오히려 밝은 이야기보다 더 위로되는 밤이었다. 어쩌면 모두의 만성질환이 된 불면증을 해소하는 건 약이 아니라 유대가 아닐까. 우리의 대화, 우리의 술, 우리의 식사는 불면의 밤을 녹여냈다. 점점 시간이 지나자 301호와 303호가 술에 잔뜩 취해 졸린 표정을 지었다.

"졸리면 여기서 자고 가도 괜찮아요."

둘은 몸을 가누지도 못해 텐트 안에 구겨져서 말했다. 취한 목소리로 그럼 하루만 그렇게 하자며 둘은 이내 깊게 잠들었다.

나는 소파에 앉아 이사할 계획을 세우며 공상에 빠졌다. 새로 사귄 친구들을 보니 문득 오빠 가족이 보고 싶었다.

—

늦은 밤 더운 기운에 창문을 활짝 열었다. 멀리서 들려오는 사이렌 소리가 정겹다. 또 누가 사고를 친 것인지, 다친 것인지 모를 일이지만 사이렌 소리는 스펙터클한 동네의 시그니처 음악 같다. 가까웠다 멀어지고, 멀어졌다 가까워지는 소리들이 도시다움으로 다가왔다. 나중에 불현듯 이 동네를 추억하게 된다면 아마 사이렌 소리에 의해서가 아닐까.

벽에 가려져 달이 보이지는 않았지만 달빛이 은은하게 비추는 듯했다. 아마도 어지러운 도시의 네온사인이겠지만 제대로 달을 볼 수 있는 곳으로 이사 가고 싶다는 생각에 빠져 한동안 창가에 팔을 괴고 밖을 쳐다봤다. 그래 봐야 다른 건물의 벽일 뿐이었지만.

살풍경한 창가에서 몸을 돌려 내팽겨진 채 뭉쳐 있는 돈다발들과 인디언 텐트를 번갈아 봤다. 희미하게 원뿔형 모양을 하고 있는 돈다발과 텐트의 모양이 잘 어울린다. 별거 아닌 사물의 모양을 관찰하고 아무짝에도 쓸모없는 바닥 무늬를 살펴보며 무의미한 생각을 반복했다. 아무것도 아닌 것에 집중하기. 이것은 큰일을 하기 전, 뇌를 단련하는 나만의 방법이었다.

제법 차가운 밤공기가 몸을 움츠러들게 했다. 도무지 잠이 오지 않는 밤이었다. 텐트 안 상황이 궁금했다. 텐트를 살짝 열어보자 둘이 엎드려 자고 있었다. 어? 잠자는 자세가 이상했다. 숨 쉬는 들숨 날숨의 움직임도 보이지 않았다. 바로 텐트를 활짝 열어젖히고 들어가 몸을 흔들어 깨웠다. 조금 뻣뻣하게 굳은 몸을 뒤집어 얼굴을 살폈다. 내민 혀 사이에 거품이 있었다. 똥오줌이 섞인 냄새도 확 올라왔다.

나는 순간 겁에 질려 온몸이 굳어버렸다. 너무 무서워서 소리를 지를 수도 없고 눈동자만 정처 없이 흔들렸다. 비틀거리며 맨발로 빠져나와 1층 출입구에 겨우 닿았다. 땅 밑이 크게 흔들려 중심을 잡기 어려울 지경이었다. 떨리는 손으로 112에 전화를 걸었다. 곧 아차 싶어서 신호음 소리가 가기 전에 끊어버리고, 다시 119에 전화를 걸었다. 말이 나오지 않아 헉헉 숨소리만 전했다.

소방관은 나를 다독이며 무슨 일이냐며 물었고, 나는 겨우 숨을 고르고 집에 사람이 쓰러져 있다고 말했다. 소방관은 알았다며 경찰도 보내주겠으니 잠시만 기다리라고 했다. 기다리는 사이 현기증이 일어 약을 먹었다. 플라시보인지 진짜 효과가 빠르게 나타난 건지 정신이 아득해졌다.

바닥의 찬 기운이 올라오자 겨우 정신이 들었다. 가벼운 옷차림에 온몸을 덜덜 떨면서 경찰과 119구급대원을 기다렸다. 그들이 도착한 건 3분도 채 지나지 않는 시간이었다. 요란한 사이렌 소리에 잠에서 깼는지 창가에 낯선 얼굴들이 걸려 있었다. 이 동네에 2년 가까이 있어도 처음 보는 얼굴들이었다. 동네 사람들이 이렇게 생겼구나. 놀란 표정보다는 궁금하다는 표정들이었다. 오랜만에 들리는 사이렌 소리를 예능이나 쇼로 여기는지 호기심 어린 눈빛이었다.

경찰, 소방관을 앞세워 다시 집으로 들어가는 길이었다. 우편함을 스쳐 지나는데 302호에 엽서가 한 장 더 걸쳐 있었다.

대체 몇 개를 보낸 거야. 갑자기 화가 났다.

오빠 가족이 하늘로 간 지 1년.
남자친구가 의식을 못 차린 지도 1년이다.
너무 그립고 보고 싶다.
나를 힘들게 하는 그녀를 죽이고 싶지만 어렵다.
이름만 같다고 해서 내가 아니다.

엽서 한 장만 보면 마음이 아픈 사람이고, 두세 장을 보면 감수성 풍부한 사람 같아 보였다. 엽서 전체를 다 보면 한 사람이 여러 사람으로 보였다. 많이도 썼다 싶어 술을 끊어야겠다고 생각하며 서둘러 주머니에 엽서를 구겨 넣었다.

엽서에 눈이 팔려 말이 흐리고 뭉개졌다. 302호요……. 우물
쭈물하는 말을 알아듣지 못한 경찰과 소방관의 다그치는 소리
에 나는 비틀거리며 집으로 안내했다. 여러 발자국 소리가 계단
을 채웠다. 알레그로 에네르지코 에 파쇼나토. 빠르고 힘차게,
그리고 열정적인 클래식 음악이 계단에 울려 퍼졌다. 여기에 복
도 창문 밖에서 넘어온 빨갛고 파란 사이렌 조명이 합쳐져 나도
모르게 리듬을 탔다. 수면제에 취해 리듬을 타는 춤사위가 순간
부끄러워 다시 비틀거리며 올라갔다.

—

302호에 있는 돈은 다 내 것이다. 어차피 돈에는 이름이 없고,
내 트렁크에 모두 옮겨 담았으니 내 돈이다. 남자친구의 보험금
도 어차피 내 것이다. 2년을 기다렸는데 그 이상을 못 기다릴 이
유도 없다. 경찰은 텐트 안에서 일산화탄소에 중독된 시체 두
구만 가져가면 된다. 경찰을 기다리며 먹은 수면제 기운이 스멀
스멀 올라왔다. 졸음이 몰려온다. 점점 의식이 희미해진다. 모든
게 다 귀찮고 안락한 침대에 눕고만 싶다. 호스피스의 역할은 충
분히 다했다. 친구들은 고통 없이 편안히 떠났다.

텐트 안에서 숨진 채 발견된 여성들, 일산화탄소 중독으로 추정

텐트 안에 캠핑용 화로를 피워놓고 잠든 여성 두 명이 숨진 채 발견됐습니다. 깨어 있던 다른 한 명은 다행히 목숨을 건지고 치료를 받았습니다. 경찰이 국립과학수사연구원에 의뢰해 확인한 결과, 숨진 여성들의 혈중 일산화탄소 농도는 75퍼센트를 보였고, 혈중 농도 40퍼센트 이상이면 치사량에 해당합니다.

이들 세 명은 원룸 건물 한 층에 사는 이웃으로 집 안에 텐트를 설치하고 캠핑 분위기를 즐기던 중 술에 취해 캠핑용 화로를 피워놓고 잠든 것으로 추정됩니다. 경찰은 세 명 모두 평소에 자살 징후 등을 보인 적이 없어, 부주의로 인해 사고가 난 것으로 보고 정확한 사고 경위를 조사하고 있습니다.

A씨는 친구들을 늦게 발견했다는 자책감에 식음을 전폐하고 있는 것으로 알려져 안타까움을 더했습니다. 경찰은 A씨에 대한 심리 치료를 진행할 것이라고 말했습니다.

이와 관련해 C대학 소방방재학과 교수는 "텐트와 같이 밀폐된 장소에서 숯을 피우거나 버너 등 난방기구를 켜놓고 잠이 들어 일산화탄소에 중독되는 사고가 매년 끊이지 않으므로 관련 안전수칙을 충분히 숙지하거나 의무교육 과정에 추가해야 한다"고 말했습니다.

한편, 지난해 일산화탄소 중독으로 사망한 사례만 270건에 달하는 것으로 나타나 일상 속에서 더욱 주의를 기울여야 할 것으로 보입니다.

3 0 1 호　[3 0 2 호]　3 0 3 호

3 0 6 호　　3 0 5 호　　3 0 4 호

경찰은 놀란 나를 다독이며 정신적 충격이 클 테니 국가에서 운영하는 심리치료센터와 연계해 도와주겠다고 했다. 모든 말에 "네"라는 대답 말고는 할 수 있는 게 없었다.

경찰은 생각보다 더 따뜻하고 친절했다. 모든 공적 시스템이 나의 트라우마 회복을 위해서 일사불란하게 움직였다. 나는 친구를 잃은 피해자, 운 좋은 생존자가 되어 있었다.

"어쩌다 이렇게 됐을까요? 이 건물에서만 사람이 몇 명이나 죽어 나가는 줄 모르겠어요. 더구나 3층에서 말이죠. 최근에만 벌써 세 번째 오는데 동료가 그러더군요. 이 건물에는 귀신이 많다고. 옛날에 폭격을 맞았거나 억울한 사고로 죽은 귀신이 많다고 하더군요."

"네……."

경찰이 한마디 할 때마다, 나는 속으로 스무 번은 넘게 웃었다. 점쟁이나 할 말을 경찰이 하다니 가소로운 일이다. 타성에 젖은 형사가 끝내 답을 찾지 못하다 문제 탓을 해버리는 게 웃겨 웃음을 터뜨릴 뻔했다. 억지로 슬픈 생각을 짜내야 했다. 오빠 가족과 전 남자친구 생각으로 거우 웃음기를 눌렀다.

"아…… 그래서 그렇군요……."

"어쨌든 불행 중 다행입니다. 안 다친 걸 다행으로 여기세요."

"고마워요……. 저도 무서워서 이사 가려고 해요."

"이사 갈 집은 알아보셨어요?"

"네…… 조금 멀리 이사 가요."

"잘 생각하셨습니다. 여기에 있으면 아무래도 안 좋은 기억만 나죠. 정신 건강을 위해서도 거처를 옮기시는 게 좋겠습니다."

경찰은 최선을 다해서 날 위로했다. 나는 알겠다고 말하고 못 이기는 척 도움을 받아들였다. 심리상담사와 오랜 시간 이야기 할 생각에 작은 기쁨이 피어올랐다. 그동안 너무 대화 없이 살아온 나에게 주는 선물 같았다. 그래도 처음 303호 남자친구가 죽었을 때 얘기를 나눴던 수사관만 한 사람은 없었다. 내 얘기를 다 귀담아들어 줬다.

—

이제 3층에 남은 사람은 나 혼자였다. 경찰은 연계해준 호텔에서 생활하며 심리치료를 받으라고 떠밀다시피 했고 나는 두 친구들의 장례식 이후 받겠다고 했다. 사고 트라우마 회복을 위한 프로그램이었다. 말만 호텔이지 단체 관광객이 머무는 허름한 유스호스텔일 것이 분명했다.

두 친구의 장례는 죽을 때처럼 동시에 치뤘다. 북적이는 장례식이었다면 누가 왔는지도 몰랐겠지만 내가 있는 이곳은 학생수가 얼마 없는 시골 분교 같았다. 난 선생님의 위치에서 학생들의 일거수일투족을 다 볼 수 있었다. 기자들은 건질 게 없었는지 드나들다가 빈손으로 나갔다. 303호의 복지관 동료들, 301호의 오랜 고객으로 보이는 몇몇, 그 사이로 경찰과 건물주, 306호의 모습도 보였다. 재산권에 상처 입은 건물주의 얼굴은 부쩍 침울해 보였다. 하도 사람들이 죽어 나가니 그 귀신들이라도 달래주려는지 예를 다하는 모습이었다. 306호와 함께 온 이유 같았다. 예를 올릴 적임자는 아니었지만 차분하게 성경을 들고 갈색 8부 치마를 입은 모습은 신실한 권사의 모습이었다.

"세상에! 경찰한테 얘기 다 들었어. 기도해줄게."

306호는 내 두 손을 꼭 잡으며 눈을 감고 기도했다. 전에 없이 차분한 목소리에 나도 눈을 감았다. 상처 입은 사람의 모습은 그래야 했다. 성경을 펼치고 기도하는 모습은 처음이었다. 최소한의 양심은 있었다. 그래봐야 좁쌀만 한 게 문제지만. 무당과 무신론자였던 두 친구가 306호의 장례 예배를 잘 받았는지도 모르겠지만.

두 사람이 죽었지만 장례식장은 텅 비어 있었다. 한 사람의 장례식보다 짧은 인스턴트 장례였다. 나는 끝까지 장례식장을 지켰다.

301호의 가족은 끝내 나타나지 않았고, 303호의 가족은 장례식이 끝날 즈음에야 얼굴을 비췄다. 그마저도 303호의 얼마 안 되는 유산을 가족별 지분으로 나누는 몰염치한 대화를 하기 위해서였다. 역시 가족은 필요 없는 존재였다.

—

열흘 동안 외상 후 스트레스 장애 치료 프로그램을 마친 후 다시 집에 돌아오는 길이었다. 305호가 길모퉁이에 쭈뼛쭈뼛 서서 장사 준비를 하고 있었다. 아는 척하려다가 다시 이 동네의 룰이 떠올랐다. 굳이 친하게 지낼 필요 없고 이웃도 만들 필요 없는 이 동네의 룰에도 완벽히 적응했다. 월세도 못 내서 쫓겨난 줄 알았는데 주변에서 서성거리는 게 불편하기도 했다. 그래도 어떻게든 꾸역꾸역 살아가는 게 기특한 마음도 들었다.

이상했다. 3층 복도에 들어서자 젊은 여자들의 소리가 들렸다. 집주인이 수완을 발휘해 월세를 더 낮춰서 세입자를 들인 것일까. 어린 웃음이 상쾌하기만 하다. 저들은 이곳에서 벌어진 일들을 알기나 하고 웃는 걸까. 저들이 계속 저렇게만 행복하길.

아차, 웃음소리만으로 행복을 유추해선 안 된다. 경계하지 않으면 스스로도 속는다. 웃음에 칼을 숨긴 사람들도 많았다. 저 웃음소리 중 하나는 칼을 숨기고 있을지도 모른다.

사람을 이해한다는 건 매우 복잡한 도면을 어린아이가 해독하는 것과 같다. 이해한 척하는 것에 불과하다. 한두 개를 보고 판단하는 우를 범해선 안 된다. 유리 조각을 보고 유리잔의 전체 모습을 상상해선 안 된다.

날 것 그대로, 편집되지 않은 전체를 봐야 제대로 볼 수 있다. 좋든 나쁘든 모두 볼 수 없다면 섣불리 이해했다고 판단하지 말아야 한다. 진실에 도달했다고 자만하다가는 자칫 큰일 난다. 사람의 진실을 맞닥뜨릴 때는 선한 얼굴 대신 분노의 얼굴을 먼저 보게 되는 법이다.

나를 계속 다잡아야 한다. 그렇지 않으면 내가 당한다.

—

오빠 가족을 생각하면 여전히 눈물이 난다. 오늘은 특별히 오빠 가족이 사무치게 그리운 날이다. 오빠 가족과 근사한 식사를 하고 싶어지는 그런 날. 식사 메뉴는 무엇으로 할까.

아니, 이제 고민하는 것도 무의미하다. 어차피 오빠 가족이 필요할 때만 나를 찾아올 것이 분명하다.

더 분명한 것은 먹잇감을 유인하는 데 가장 좋은 건 고기라는 사실이다. 고기로 고기를 유혹해야 한다. 나를 해치려는 전 남자친구를 해결한 것도, 날 이용하기만 하는 오빠 가족들을 떼어놓은 것도 고기와 가스였다. 망설이면 진다. 한번에 목덜미를 물고 숨통을 끊어야 한다. 시간을 끌고 미루는 순간 내가 먹잇감이 된다.

화려한 무대의 커튼을 힘껏 열어젖히는 느낌으로 302호의 문을 열었다. 다른 세계가 펼쳐질 것 같은 느낌이었지만 똑같은 집, 냄새. 역시나 변한 건 없다. 피해자인 나를 위해 청소까지 해준 경찰인지 소방관인지 모를 사람들에게 감사한 마음이다. 호텔이라면 팁이라도 놔두었을 텐데.

미리 선납해버린 월세는 과감히 포기하고 서둘러 이삿짐부터 정리했다. 옷과 노트북 정도면 충분했다. 이 정도의 이삿짐은 트럭보다는 택시 한 대면 충분하다. 집주인에게는 3개월 동안 여행을 간다고 말할 생각이다. 이사 간다고 하면 분명 새로운 세입자를 구할 것이다. 전에 살던 302호 여자를 위한 선물을 줘야지. 귀신도 혼자만의 공간이 필요하지 않을까? 아니, 귀신이 세

명인가, 하는 생각을 하며 피식 웃었다.

오늘따라 창문 너머의 소음들도 음악처럼 달콤하게 느껴진다. 내가 이 세상의 일원이라는 것을 일깨워주는 연결고리다. 그동안 나를 고립에서 건져주는 동아줄이었다.

날씨가 유난히 좋다. 창문으로 들어오는 옅은 햇빛은 유독 예쁜 모양을 바닥에 그렸다. 평소와 달리 생동감 넘치고 활기차다. 거룩해 보이기까지 하는 이 햇빛은 나를 새로운 곳으로 인도할 것이다.

매일 집에 있으면서도 같은 햇빛을 본 적이 없다. 이렇게 햇빛이 아름답게 느껴지고 마음이 편해지는 날에는 불현듯 오빠 가족이 찾아온다. 이젠 고장 난 형광등처럼 깜빡거리며 왔다가 사라져버리는 오빠 가족도 불편하다. 마음 약해지기 전에 오빠와의 관계를 끊어야 한다. 모두 나를 이용하려는 포식자들이다.

내가 사랑했던 모든 것들은 사람이든 그 무엇이든 분명 사랑이라는 이름으로 상처를 줬다. 내가 믿는 것은 사랑이 아니라 바로 지금, 현재의 시간에 충실히 임하는 것. 시간의 흐름에 올라타 나의 직감에 의존해 항해하는 것. 지금 닥쳐오는 파도에 따라 배를 움직이는 것이야말로 최고의 생존법이다. 무리하게 파도를 피하려다 배의 측면을 맞으면 배는 뒤집히고 만다.

이사를 마치면 꼭 긴 머리부터 잘라야지. 그동안 미뤄둔 조울증과 망상장애 치료도 적극적으로 할 생각이다. 아무래도 난 약

물요법이 잘 맞는 것 같다. 얼마 전 용기 내 정신과에 갔더니 장애 등록이 가능한 정도라고 했다. 나는 내가 가장 불쌍하다. 장애 등급을 받으면 여러 혜택도 있어 가장 낮은 등급의 장애 신청까지 끝냈다. 그렇다면 만에 하나 어떤 문제가 생기더라도 난 처벌보다 치료를 받게 된다. 보험금 납입이 필요 없는 평생 보장, 게다가 무료 보험.

짐을 정리하고 문 앞에 섰다. 마지막으로 302호의 내부를 둘러보며 회상에 잠겼다. 이제 안녕. 짐을 챙겨 나가는데 마침 3층에 엘리베이터가 있었다. 왠지 더 기분 좋은 날. 닫히는 문 사이로 한 번 더 인사했다. 이제 정말 안녕.

1층 302호 우편함에 또 엽서가 꽂혀 있다.

대체 몇 개를 보낸 거야. 보자마자 주머니에 구겨 넣었다.

—

난 인정받는 디자이너, 정글의 생존자이며, 무엇보다 침략자들로부터 내 영역을 지켜낸 승리자다. 이미지트레이닝을 수없이 반복해 실전에 강하다. 내 부끄러운 역사를 주머니에 구겨 넣고 낡은 장막을 열어 위풍당당하게 1층 개선문을 지났다. 처음엔 감옥이었는데 어느새 꽃 장식 달린 낮은 울타리가 돼 있다. 커다란 트렁크를 전리품인 양 굴리면서 앞으로 걸어 나갔다. 트렁크 두 개와 돈이 가득한 백팩의 무게감이 좋았다. 모든 것이 아름답고 행복한 날, 건물 입구에서 운 좋게도 바로 택시를 잡았다. 완벽한 날이다.

친절한 기사의 도움으로 트렁크에 짐을 실었다. 푸근하게 생긴 아저씨의 불량스러운 껌 씹는 소리도, 능글능글한 웃음과 재미없는 농담도 전혀 불쾌하지 않고 기분이 좋았다. 청소가 되지 않은 택시 안의 난잡한 쓰레기도 거슬리지 않고, 기사가 건넨 정체불명의 초콜릿도 맛있게 느껴지는, 모든 것이 사랑으로 용서되는 완벽한 승리의 날. 택시가 천천히 출발했다.

"기사님, 잠깐만요! 죄송하지만 잠깐만 멈춰주세요. 미터기는 끄지 마시고 밖에서 담배 한 대 피우시겠어요?"

"그럼 저야 좋지요. 허허."

"고마워요."

동네를 벗어나려는 찰나 노점에서 액세서리를 판매하는 305호가 보였다. 잔뜩 승리감에 취해 이 동네와의 마지막 감정을 정리하고 싶었다. 오늘 내 안주는 305호다. 나는 창문을 내려 305호를 가만히 지켜봤다. 진한 타투와 피어싱은 여전히 적응되지 않는다. 요란한 가면 같다. 원래 약하고 겁이 많은 동물일수록 더 크게 몸을 키우고 위협적이고 무섭게 보이려 한다. 작은 개들이 더 잘 짖는 것처럼.

고객에게 열심히 설명하면서 웃는 305호를 보면서 측은함과 한심함이 동시에 다가왔다. 왜 저렇게 살까. 그러고 보면 305호는 306호의 거친 언행에도 싸우려들지 않고 웃어넘겼다. 거친 세상을 살아가기 위해 거친 무장을 했지만 결국 가장 약하다는 걸 증명하는 꼴이었다. 305호가 인형을 갖다 줬는지 인형이 너무 예쁘다는 304호의 소리가 아직 기억에 남았다. 아무짝에도 쓸모없는 인형 따위라니……

겉으로는 세 보이고 당당해 보이지만 마음은 물렁해서 상하기 쉽다. 어설픈 양심과 죄의식은 물렁함의 부패 속도를 빠르게 할 뿐이다. 초월해야 승리자가 된다. 양심에 붙들려 살면 늘 제자리다.

그녀는 아마 이 동네를 벗어나기 힘들 것이다. 305호는 결국 306호가 된다. 가만히 내버려두면 스스로 무너져 썩은 과일처럼 바닥에 눌어붙어 오랜 시간이 지나서야 다른 사람에 의해 발견될 것이다. 그리 생각하면 가련하기도 하다.

진정한 승자는 결정적 순간까지 이빨과 발톱을 숨긴다. 존재하되 결코 드러내지 않는다. 드러내는 자는 두려워하는 자다. 바로 그자가 먹잇감이 된다. 그게 자연의 이치다. 한껏 치장한, 열이 바짝 오른 수탉도 결국 식탁에 오른다.

마지막으로 보는 3층의 유일한 이웃, 305호를 보며 이 동네와의 짧은 이별 의식을 끝냈다. 나는 승리자다.

"이제 출발해주세요."

"무슨 좋은 일이 있으신가 봐요?"

"날씨가 너무 좋아서요. 지금 이사 가거든요."

"아이고, 축하해요. 혼자 살면 이삿짐도 적고 간편하고 좋죠."

"맞아요. 트렁크 두 개면 충분하니까요."

평소와 달리 택시기사의 재미없는 질문에도 전부 대꾸해줄 만큼 상쾌한 기분이었다.

"우리 아들이 아가씨 같으면 얼마나 좋을까요. 아직도 품에서 벗어나지를 않으려 한다니까요."

"아유, 과찬이세요."

"이렇게나 인사도 잘하고 밝은 아가씨를 태우다니 운도 좋네요."

"기사님, 택시 운전보다 영업하시면 잘하실 거 같은데요? 지갑이 저절로 열릴 것만 같아요."

"그런 소리 많이 듣습니다만 영업사원이면 바쁘잖아요. 가족 챙기면서 살아야죠. 근데 뭘 그렇게 신주단지 모시듯 품에 꼬옥 안고 있어요?"

"네?"

"너무 꽈악 안고 계셔서……."

"……그냥 가방이에요."

차가운 표정으로 이어폰을 끼자 시끄럽고 낡은 스피커도 꺼졌다. 말 많은 택시기사와의 대화는 역시나 불필요했다. 말없이 창문을 보는데 점점 멀어지는 풍경들이 포근하다. 그동안 세심히 보지 않았던 바람에 흔들리는 나뭇가지, 사람들의 바쁜 걸음, 지나가는 자전거가 정겹기만 하다.

이어폰에서 흘러나오는 음악도 좋다. 실수로 튼 음악 채널이지만 바꾸지 않았다. 평소 듣지 않는 제3세계 음악도 나쁘지 않다. 알아들을 수 없는 언어의 가사에서도 느껴지는 감미로운 사랑 노래가 좋다. 나를 낯선 세계로 인도하는 낯선 음악, 낯선 악기의 선율. 연이어 듣는 낯선 음악이 처음 마시는 술처럼 취하게 만든다.

모든 것이 좋은 날. 택시 기사가 룸미러를 확인하며 힐끔 쳐다보는 시선에 내 기분이 상하는 순간, 기분을 망치기 싫어 시선을 아까 주머니에 넣어둔 엽서로 옮겼다.

1년 전에 또 뭐라고 써 보낸 거야, 생각하며 구겨진 종이를 폈다. 종이가 구겨진 탓에 글씨가 삐뚤고 제멋대로다. 왜 이런 거지. 이상하다. 곧게 펴서 자세히 보니 내 글씨가 아니다. 어지러운 제3세계 음악 탓인가. 이어폰을 빼고 집중해서 읽었다.

안녕하세요, 305호에 살았던 사람인데요.

지금은 근처 다른 집으로 이사 왔어요.

저는 늘 이 건물을 지나쳐요.

장사를 마치고 들어오는데 306호 아주머니를 봤어요.

오랜만에 뵙는 거라 인사하려는데

302호 우편함을 뒤적이고 있었어요.

얼굴 여기저기가 부은 모습이었어요. 맞은 흔적 같았어요.

306호와 함께 있던 아저씨가 남편인지 모르지만

302호에 대한 걸 찾는 게 영 마음에 걸려서요.

어제 다른 집은 전부 불이 켜져 있는 저녁에

그 아저씨 옆을 지나치는데,

아직도 안 들어온 거냐고 전화를 했어요.

불빛이 꺼진 곳은 302호뿐이었죠.

제 걱정이 쓸데없는 거라면 좋겠지만

그래도 조심해서 나쁠 건 없으니까요.

주제넘게 충고해서 죄송해요.

재수 없게, 성스러운 날에 무슨 괴물 같은 엽서야. 다시 읽으려는데 글씨체가 아까와 조금 다르다. 중력체인가, 글자가 전부 아래로 흘러내린다.

또렷하던 글씨가 녹아내려서 고개를 창가로 돌리니 도시의 모습도 녹아내린다. 어, 이상하다. 물속에서 움직이는 것처럼 몸이 무겁다. 모든 사물이 녹은 초콜릿처럼 아래로 흐르다 속도가 붙어 비 오는 날 유리창 풍경처럼 크게 일렁인다.

의식은 더욱 아득해진다. 무거운 목을 가누지 못해 얼굴이 옆

271

으로 기울자 택시기사는 속도를 줄여 차를 멈추더니 나를 찬찬히 살폈다. 눈앞에서 손을 휘젓더니 조심스럽게 묻는다.

"괜찮아요?"

의식의 불빛이 꺼지기 직전에야 생각났다.

초콜릿.

나는 말없이 그저 눈을 깜빡이는 것으로 의사를 대신했다. 할 수 있는 것이 없다는 것을 깨닫고 최대한 착하게 눈을 떴다.

혀가 뻣뻣하고 두꺼워진다. 혀가 계속 부풀어 입안을 가득 채운다. 눈만 끔뻑끔뻑, 어항 속 물고기 신세가 됐다.

시간 감각도 무뎌질 무렵 뒷좌석 문이 열렸다. 신선한 공기의 감촉만 흐릿하게 닿았다.

"다 됐어요?"

"다 됐다."

남자는 내 얼굴을 가만히 쳐다보다 어깨를 툭툭 치며 말했다.

"괜찮아, 괜찮아. 안고 있는 가방에 있는 게 뭔지 궁금해서 그래. 오, 묵직하네. 돈에는 이름도 안 쓰여 있잖아. 주인도 없는 돈, 주인 만들어주겠다는 것뿐이야. 아니지, 내 걸 도로 찾아가는 거야."

두 남자의 말이 섞여 누가 하는 말인지 몰랐지만 의미는 알 수 있었다. 잠든 아이 손에 들린 사탕 뺏는 것보다 쉽게 내 손을 풀었다. 두 손으로 감싸 안은 백팩은 내 곁을 쉽게 떠났다. 정신을 차리고 비명을 질러 쏟아지는 피로함을 이겨내려 해도 무거운 돌덩이가 온몸을 누르는 게 도무지 감당할 수 없다.

이러지 마세요…….

눈에 핏대를 세워 소리를 질러봐야 들리지 않는다. 내가 얌전히 병원 침대에서 자식들을 둘러 세워놓은 편안한 죽음을 맞이하지 않을 것이라는 건 알았지만 이런 늙고 추한 남자를 눈에 담으면서 가는 것은 계획에 없었다. 무섭고 화가 났다. 점점 사고가 마비되고 미각, 청각, 후각, 시각, 촉각의 신경세포 연결 부위가 툭툭 터지고 끊긴다.

내 모든 것이 저 남자에게 달렸다. 날 건드리는 남자의 감촉은 증발되고 눈꺼풀이 눌리고 옅은 의식만 겨우 꿈틀댄다. 숨통을 물고 권능을 쥐고 앉아 있는 탐욕스러운 웃음만 귓전에 맴돈다. 남자가 물속에서 말하는지 소리가 뭉개져 뭐라 말하는지 알 수가 없다. 축축하고 끈적거리는 말이 분명하다.

목덜미를 물린 먹잇감이 할 수 있는 거라곤 아무것도 없다. 서서히 죽기를 기다리거나 날 쳐다보는 짐승의 자비를 바라며 삶을 구걸하는 것뿐이다. 살려달라는 내 눈빛을 읽었던 것일까. 젊은 남자가 말했다.

"걱정 마. 안 죽여. 난 위험부담은 싫어해. 사람은 안 죽인다고. 어차피 너 경찰서에도 못 가잖아. 잠깐 자고 일어나면 돼. 아버지, 그냥 여성 노숙자 쉼터에 내려다주죠? 옷에 술 뿌려서 취객이라고 하면 며칠 돌봐줄 거예요. 아니면 그냥 302호에 다시 넣어줄까요?"

"쉼터로 가자. 거기가 더 가깝다."

"돈 가방은 제가 맡을게요. 이런 현금은 가상화폐로 세탁하는 게 제일 좋아요."

"그래, 투자는 우리 아들이 잘하니까. 네 엄마한테는 얼마 없다고 해. 교회에 무당에 돈 다 갖다 바치니까."

늘 그랬지만 나 혼자 나를 위해 슬퍼하고 동정하는 것은 이 순간에도 낯설고 비참하다. 그동안 가족도 나라도 없는 것처럼 살았다. 결국 나도 없어진다.

옅은 의식이 분노로 가득 차자 화염이 일었다. 그러자 섬광이 머리에서 팡 터진다. 합선된 전기처럼 마지막 빛을 짧게 발한 뒤 짙은 어둠이 뒤덮는다. 어두운 배경에 살아온 인생이 슬라이드처럼 각각 하나의 장면으로 지나간다. 과거로 과거로 과거로. 슬라이드가 끝나자 아무것도 없는 완벽한 어둠의 세계.

툭. 모든 연결은 끊기고 나는 꺼졌다.

에필로그

힘들다. 무척이나 피로하지만 이상하게 기운이 났다. 작은 노점이지만 내가 만든 브랜드를 알아봐주는 사람을 볼 때면 몸과 마음이 분리되는 특이한 경험을 하게 된다. 'The Third Eye', 제 3의 눈. 내 절망을 가리기 위한 눈은 오히려 내 브랜드가 됐다. 흉터를 감추기 위해 했던 타투를 넘어 내 진실 이상의 것을 만들어야 한다. 그 마음으로 만든 내 브랜드, 제품이 관심받을 때면 날아갈 듯 기쁘다. 오늘은 브랜드 아래에 슬로건을 추가했다. 'More than meets the eye. 눈에 보이는 것이 전부가 아니다.'

작은 기운에 의지해 집에 들어가는 길이었다. 전에 살던 집을 지날 때는 높은 성을 바라보는 것 같다. 지금 집보다 넓고 쾌적한 곳, 지금껏 살던 곳 중에서는 가장 화려한 궁전 같은 곳이었다.

어둑한 저녁 이 앞을 터벅터벅 지날 때마다 감회에 젖는다. 각 창문에서 나오는 노란 불빛이 따뜻하고 예쁘다. 멀리서 보면 더 아름답다. 카메라의 노출을 길게 해 사진을 찍으면 모두 빛의 궤적으로 얽히고설켜 있지 않을까.

서로 무관심하게 떨어져 살지만 결국 우리는 함께 살아가는 운명공동체일 것이다. 가까이서 보면 단단한 콘크리트 벽으로 뚜렷한 경계가 그어져 있지만 멀리서 보면 우리는 모두 빛으로 연결돼 있다. 결코 단절되어 있지 않다.

어두운 밤의 건물을 보며 살아 있는 큰 나무를 떠올렸다. 저기 큰 나무에 사는 사람들은 어떤 마음을 가지고 살아갈까. 생존을 위해서 살까, 죽지 못해서 사는 걸까.

이 건물은 오래되고 낡았지만 밤에 보면 예쁘다. 적나라한 낮보다 숨길 수 있는 밤이 더 좋다. 숨길 수 있어 아름답다. 다른 사람들도 나처럼 극적인 모습을 가리면서 사는 것은 아닐까.

나는 사다리를 타고 다시 올라갈 수 있을까. 벼랑에서 떨어져 온몸이 부서져 죽어야만 할까. 힘든 몸을 끌고 지나는 이 건물 앞에서 던지는 많은 질문은 언제나 답이 없다.

278

—

가만히 생각해보면 힘찬 도약보다는 힘을 내지 않아도 되는 추락이 쉬웠다. 끝없는 절망의 무게를 이겨내고 고개를 드는 것이 점점 힘에 부친다. 갈수록 고개는 무거운 공기에 짓눌려 아래로만 향한다. 절망이 만드는 기류의 변화는 나를 바닥으로만 잡아 이끈다.

이 동네에 처음 올 때 마주했던 바닥에 눌어붙은 새끼 고양이 사체가 생각났다. 분명 존재하지만 사람들이 피하고 싶어 하는 불편함. 불편함 앞에서 흐린 눈으로 바라보며 시선을 피하는 사람들을 보면 유난히 생각이 많아진다. 얼굴 여기저기 파리가 잔뜩 붙은 아프리카 아이들을 돕자는 캠페인이 나오면 바로 채널을 돌리는 마음이 이런 것일까. 모두를 방관자로 만들어버리는 압도적인 불편함. 나도 언젠가 아래로만 향하다 바닥에 눌어붙어버린 불편한 존재가 되지 않을까.

처음 터널의 입구는 넓었다. 터널의 끝에는 달콤한 성공이 날 기다리고 있었다. 이 터널은 참으로 이상한 터널이다. 갈수록 좁고 어두워진다. 점점 작아지다 못해 반대편 빛은 점이 되고 끝내 닫혀 버린다. 점 하나가 크게 폭발한 빅뱅이 우주의 탄생이라던데 반대로 갈수록 점이 되는 건 죽음을 의미하는 건 아닐까. 어둠에 갇혀 오도 가도 못하는 게 인생일까. 젊은 나이에 죽음을 생각하는 것이 슬프다. 난 아직 꽃을 피우지도 못했는데⋯⋯. 살아서 계속 도전하고 싶은데⋯⋯.

언제나 짝사랑처럼 답이 없는 질문을 던지며 건물을 지나치려는데 아차 싶었다. 아침에 302호에 넣어둔 엽서를 확인했는지 궁금해 우편함 앞으로 걸음을 옮겼다. 전에 살던 이웃과 마주치면 어떡하지. 쫓겨난 집을 다시 찾는 것은 부끄러운 일이다.

어? 이상하다. 엽서가 없다. 바로 3층을 올려다보니 302호에 불이 꺼져 있었다. 나는 다시 종이를 꺼내 가로등 밑 벽으로 몸을 돌렸다. 벽에 종이를 대고 메시지를 남겼다.

안녕하세요. 저 앞집 305호에 살던 사람인데요.

몇 번 마주쳤었죠? 타투 있는⋯⋯.

아침에 메시지 남겼는데 확인하신 건지 모르겠어요.

306호 아주머니와 함께 있던 남자의 자동차번호예요.

택시였어요. 혹시나 해서 제 연락처도 남겨요.

확인하시면 연락주세요.

연락이 없으면 내일 경찰서에 가려고 해요.

아무래도 찝찝해서요.

너무 걱정돼서 그냥 지나칠 수가 없어서요.

—

딸깍. 불을 켰다.

깜깜하고 음습한 새 공간에 들어오는 것도 제법 익숙해졌다. 제 위치를 찾은 듯 안정감도 든다. 축축한 이곳이 내가 있어야 할 자리인가. 빈곤한 자가 느끼는 안락함은 비루한 현실에서 벗어날 힘을 빼앗아간다는 불안도 잠시, 완전한 어둠에서 갑자기 환해지는 인공의 빛에 고마움을 느낀다.

불을 켜면 관상어 인형들이 가장 먼저 눈에 들어온다. 현관, 침대, 창틀의 물고기가 한 움큼씩 무리 지어 사는 수족관 같다. 깨끗한 물 대신 차갑고 습한 공기로 채워진 이 집과는 어울리지 않아 미안할 정도다.

저 물고기들은 304호를 찌를 흉기였다가 각성제였다가 금세 정성스런 선물로 변했다.

나는 물고기 중에 어떤 종류일까? 아마 먹이사슬의 가장 낮은 단계에서 아등바등 살아가는, 주변 환경에 의해 좌지우지되는 약한 물고기가 아닐까. 얼핏 세상은 법과 제도에 의해 움직이는 것 같지만 내가 볼 때는 부자와 권력자들의 전유물, 그들만의 사치재다. 그걸 갖지 못한 하등동물은 고등동물에게 양심을 구걸해야만 생존한다는 걸 깨달았는지도 모른다.

자연의 법칙은 강한 자가 살아남지만, 문명의 법칙은 깨닫는 자가 강하다고 생각해왔다. 지금 생각해보면 허울 좋은 말장난에 불과하다. 강해지는 것은 어렵지만 깨닫는 것은 쉬웠다. 난 그저 쉬운 방법을 택했을 뿐이다.

나는 어떤 물고기일까.

304호와 동생을 번갈아 생각나게 하는 관상어들은 이 방의 유일한 색이다. 노랑, 파랑, 빨강, 초록이 주는 찬란한 색감은 이 감옥 같은 곳에서 유일하게 생명감을 느끼게 한다. 어린 동생이 늘 갖고 다니던 애착인형과도 꼭 닮았다.

이런 내 삶이 304호를 두고 나쁜 마음을 먹은 것에 대한 칫값이라면 충분히 받아들일 만하다. 꿈에서라도 만나면 무릎 꿇고 진심 어린 사과를 하고 싶다. 자칫 다른 사람들 말처럼 진짜 괴물로 살 뻔했다.

나를 돌이킨 인형. 내가 괴물이 될 뻔했던 비이성의 증거. 304호의 환심을 사려 손에 잡히는 대로 쓸어 담았던 30여 마리의 물고기 인형들은 나의 죄책감이고 일말의 양심이었다. 결정적인 순간에 나를 붙든 무의식.

내 죄책감과 양심이 저 물고기 인형들처럼 예쁠 순 없지만 마음을 다잡으려면 평생을 간직해야 한다. 피해자가 받아들일 때까지 해야 하는 사죄, 이젠 304호도 내 동생도 없어 평생을 다듬고 간직하다가 내가 죽으면 그때 또 진실로 사죄해야 한다. 무서운 괴물 대신 뉘우친 사람의 모습으로 마주해야 한다. 그렇게 생각하면 이 공간도 그렇게 나쁘지 않다. 죄를 뉘우치는 장소라고 생각하면 호화롭다.

침대 끝에 풀썩 주저앉았다. 생전 모르는 사람의 집에서 홀로 잠드는 불편한 기분이었지만 이게 내 집이다. 작은 방을 둘러보는데 벽 사이에 거뭇한 얼룩이 더 진해진 것만 같다. 순간 마음이 아려왔다. 어둡고 축축한 집이 싫은 건지 창틀에 있는 관상어에 곰팡이가 폈다. 귀찮아도 깨끗이 씻기고 뽀송뽀송하게 말려야 한다. 유일하게 색을 발하는 인형이 더러워지면 집 전체가 더러워진다.

물에 흠뻑 젖은 옷을 입은 것처럼 힘겹게 몸을 일으켰다. 발뒤꿈치를 들어 창틀에 있는 인형들을 두 손으로 모아 공용 세탁기로 옮기려는데 물고기 한 마리가 툭 하고 떨어졌다. 304호가 가장 좋아하던 물고기와 꼭 닮은 인형을 들어 올리자 묵직함이 전해왔다. 의아한 마음에 위아래로 들었다 났다 하는데 인형이 주는 무게감이 생소하다. 작은 물고기 인형이 이렇게 무거울 수 있나. 무심코 배를 뒤집어 살펴보는데 조잡하게 바느질 돼 있다. 궁금한 마음에 손가락을 집어넣자 물고기 배가 힘없이 툭 하고 터져버렸다.

작은 물고기 파편들이 바닥에 나뒹굴었다. 바닥에는 놀라운 광경이 펼쳐졌다.

내 피부처럼 울퉁불퉁한 바닥 마감재 위에 하얀 솜과 304호의 빛나는 작은 물건들이 어지럽게 잔뜩 쏟아져 있었다. 304호 어머니의 것일까. 아무도 없는 방에서 주변을 살피며 반짝이는 물건들만 멍하니 내려다봤다.

이걸 과연 내가 가져도 될까.

두렵고 놀란 마음에 눈동자를 제외한 몸 전체가 마비됐다. 우두커니 서 있는 경직된 마네킹이 바닥만 내려다보고 있었다.

눈의 초점이 빛나는 작은 조각들과 인형을 빠르게 오가며 흔들리더니 머리가 핑 하고 돌았다. 현기증이 일어 머리를 흔들어서 다시 초점을 바로잡기를 여러 번. 마음에 거친 파도가 일어 도무지 서 있기 힘들 지경이었다.

두근거리는 마음도 한곳으로 초점을 맞춰 곰곰이 생각했다. 형사의 말이 희미하게 맴돌았다.

'304호 어머니와 잠깐 연락이 됐지만 알리바이가 밝혀지자마자 연락을 끊더군요. 아마도 장애를 가진 딸이 숨기고 싶은 존재였나 봅니다. 이혼을 준비 중인데 미혼모로 밝혀지면 재산분할에 어려움을 겪는다고 하더군요. 305호 같은 분이 계셔서 다행입니다.'

304호 어머니는 모든 것을 포기했다.

아니, 내다 버렸다. 숨긴 자식도 바닥에 반짝이는 물건들의 소유권도 전부 다.

벼랑 위에서 내민 304호의 손길일까. 터널 끝의 빛일까. 힘겹

284

게 고개를 돌려 다른 인형들도 살펴보는데 유난히 배가 볼록한 물고기들이 여러 마리 보였다.

나는 주저앉아 엉엉 울고 말았다.

네 번의 노크

초판 1쇄 2021년 10월 28일

지은이 | 케이시

발행인 | 문태진
본부장 | 서금선
책임편집 | 박은영   편집 4팀 | 박은영 허문선

기획편집팀 | 한성수 임은선 이보람 송현경 박지영 김다혜   저작권팀 | 정선주
마케팅팀 | 김동준 이재성 문무현 김혜민 김은지 정지연   디자인팀 | 김현철
경영지원팀 | 노강희 윤현성 정헌준 조샘 최지은 조희연 김기현
강연팀 | 장진항 조은빛 강유정 신유리

펴낸곳 | ㈜인플루엔셜
출판신고 | 2012년 5월 18일 제300-2012-1043호
주소 | (06619) 서울특별시 서초구 서초대로 398 BnK디지털타워 11층
전화 | 02)720-1034(기획편집) 02)720-1027(마케팅) 02)720-1042(강연섭외)
팩스 | 02)720-1043   전자우편 | books@influential.co.kr
홈페이지 | www.influential.co.kr

ⓒ 케이시, 2021

ISBN 979-11-91056-13-6 (03810)